Reki Kawahara
川原 礫
illustration»Shimeji
イラスト◎シメジ
絶対ナル孤独者
THE ISOLATOR
realization of absolute solitude
《アイソレータ》
2
Sect.002
発火者 The Igniter
JN210937
design»BEE-PEE
ビィピィ

「よし！　きみは今日から《ミッくん》だ!!」
4年2組
伊佐理々
Riri Isa
伊佐理々
人類を《ルビーアイ》から守るために戦う《特課》――厚生労働省安全衛生部特別課の課長代理兼作戦指揮官。小学四年生。

「わりーね、空木クン。
コードネームは《アイソレータ》だっけ？
楽しいレベル上げはまた今度な」
Olivier Saito
斉藤オリヴィエ
《特課》の一員。美しく整った顔立ちの青年。フランスとのハーフらしい。飄々とした性格で、《基地》ではいつもゲームばかりプレイしている。

「…………空木くんの手、あったかいね」
Tomomi Minowa
箕輪朋美
ミノルと同じ中学校出身の女子高生。早朝のジョギングをきっかけにミノルと交流し始めるが、《バイター》に襲われた影響を排除するため、記憶の一部を消去された。

「それでも、私はきみを信じるよ」
Yumiko Azu
安須ユミコ
ミノルと《バイター》の戦闘中に乱入してきた少女。
害意ある《サードアイ》所有者への対処を専門とする《特課》に所属している。

「…………！」
Minoru Utsugi
空木ミノル
義姉である典江と暮らす平凡な少年。
《孤独》を愛し、自身の記憶を他人に残すことを嫌っている。
宇宙から訪れた謎の球体《サードアイ》によって、
特殊な能力に目覚める。

THE ISOLATOR realization of absolute solitude

CONTENTS

THE ISOLATOR

realization of absolute solitude

Sect.002 The Igniter

「絶対的な
《孤独》を求める……
だから、僕のコードネームは
《アイソレータ》です」

Reki Kawahara

illustration»Shimeji

design»BEE-PEE

第二章 発火者

Sect.002 The Igniter

1

炎とは何か。

燃焼とは、いかなる現象なのか。

中世ヨーロッパの化学者たちは、火炎の正体を説明するのに、燃素という元素を想定した。あらゆる可燃性物質は燃素を含み、熱せられるとそれが火炎および煙となって放出されるというわけだ。しかしこの仮説は、燃焼後の物質が、それ以前よりわずかながら重くなるという実験結果によってあえなく否定された。

現在ではもちろん、燃焼とは《酸化》の一形態であることが明らかになっている。火炎は、熱せられた物質から放散される可燃性ガスが、熱と光を放ちながら連続的に酸化している姿だ。つまりは、酸素こそが、燃焼という美しくも激しい現象を顕しむる神秘そのものなのだ。

酸素。

さんそ、サンソ。

「さーん……そぉぉおう…………」

須加綾斗という名で生きる男は、音楽的抑揚をつけてそう呟くと、両腕を広げ、勢いよく空気を吸い込んだ。

鼻腔から吸入された大気に含まれる酸素分子が、気管支を通って肺に溜まり、小胞を経て血管中に取り込まれていく。濁った静脈血が清められ、輝きを取り戻し、麗しい赤色を全身に行き渡らせる。

同時に、閉じた瞼の下から、薄く涙が滲む。肌を粟立たせる。

感謝の涙だ。圧倒的感謝が背筋を震わせ、肌を粟立たせる。

いま、体内のあらゆるミトコンドリアでは、水素と酸素の反応によってＡＴＰが合成されている。これもまた燃焼だ。誇り高き酸素が、無限の慈悲によって、人間を含むあらゆる生命に穏やかで無害な燃焼を許してくれているのだ。

だから感謝。一呼吸ごとに、最大の感謝。

――なのに。

お前らときたら。

須加は瞼を開き、眼下の夕景を見渡した。

十五階建てのビルの屋上、フェンスを乗り越えた先の狭い外縁部に立っているので、通りを行き交う人や車は胡麻粒のようだ。池袋駅西口のロータリーにはタクシーやマイカーが長い列を作り、広い歩道は人間で埋め尽くされている。

渋滞する道路をじりじり進む車どものエンジン内では、シリンダーに送り込まれた酸素が気化ガソリンと混合され、空しい燃焼を強いられている。醜く混じり合った排気音は、まるで酸素たちの怒りの叫びだ。

そして、歩道を埋める人間どもの体内では、取り込まれた酸素が下らない目的のために浪費され続けている。無意味な会話、無意味な移動を行うためのエネルギーとして次々と汚され、排出されていく。

感謝もされず。

それどころか、存在を意識すらされることもなく。

――お前らは知らないのだ。酸素が、いかに気高く、恐ろしく、危険極まるものであるか。

「だから、私が、教えてあげよう」

歌うように呟く。

右手の掌の真ん中が、ずきんと熱く疼く。

賛同するように。促すように。急き立てるように。

須加は、右手をまっすぐに伸ばした。直径十センチほどの透明なボールを握るイメージで、五指を広げる。

これほどの規模の《握り》に成功したことは一度もない。しかし、できるはずだ。この時のために、一ヶ月も奥多摩の山奥でキャンプし、甘くて清新な酸素たちとたっぷり交感してきたのだ。

広げた指先を動かし、遥か地上にたむろする人間どもの一人に照準を定める。

グレーのスーツを着た、ビジネスマンらしき若い男だ。誰かを待っているのか、歩道の端に立ったまま、もう三十分も動いていない。いらいらした仕草でスマートフォンを操作しながら、ひっきりなしに煙を吐き出す。足許の舗装にペイントされた路上喫煙禁止標識の上には、もう十本以上もの吸殻が落ちている。

須加が見ているあいだにも、男は次の一本を咥え、金色のオイルライターを取り出した。

「さんっ……そぉぉぉう………」

低く唸りながら、五本の指に力を込める。

仮想の透明ボールがいきなり実体を得たかの如く、強烈な抵抗感が指を跳ね返す。同時に、掌の中央に埋まったアレが、疼きのパルスを加速させる。

ぎ、ぎ、と関節を軋ませながら、あらん限りの筋力と精神力を振り絞り、右手を握り込む。

仮想の球が、少しずつ小さくなっていく。

「サッ……ンンンッ………!!」

額から脂汗が噴き出し、手の甲に血管が浮かぶ。抵抗はどんどん大きくなり、透明ボールが五センチほどに縮まったところで、圧倒的な硬さが指を拒絶する。

やはり、握りが大きすぎたのか。

しかしこのくらいの規模でなければ、目指す結果は得られない。

「ソォッ……!!　サン、ソオオォォッ!!」

食い縛った歯の間から、異様な声を迸らせ。体を限界まで仰け反らせながら、須加はついに、見えない殻を打ち砕いて右手を握り締めることに成功した。

拳の隙間から、深紅の光が幾筋も迸った。

眼下の歩道で、行き交う無数の人々が、いきなりの突風に煽られて上着やスカートを押さえながらよろめいた。

しかし、それは副次的な現象に過ぎない。

須加が照準している若いビジネスマンは、突風に気付く様子もなく、口許に近づけたオイルライターの回転ヤスリを親指で擦った。

発火石から飛び散った火花が、オイルのたっぷり染み込んだ芯に接触し。

オレンジ色の炎が、三十センチもの長さで激しく噴き上がった。

火炎は、若い男が咥えた煙草を瞬時に焼き尽くすに留まらず、顔面から頭髪までをも赤々と燃え上がらせた。

ギヤアアアア‼　という甲高い絶叫は、須加のいる十五階建てビルの屋上にまで届いた。少し遅れて、周囲の通行人たちも悲鳴を上げる。

首から上を激しい炎に包まれたビジネスマンは、歩道に倒れ込み、のた打ち回りながら火を消そうとした。しかし、両手でどれほど払おうと、炎は弱まる気配もない。

当然だ。

いま、あの男は、純度百パーセントに近い濃密な酸素に包まれているのだから。

屋上に立つ須加が握り込んだ右拳——その中央に埋まる深紅の球体が、周囲の大気から酸素分子だけを一点に凝集させているのである。

純酸素下では、アルミや鉄でさえも激しく燃焼する。人の体など、油に浸した丸太のようなものだ。

いまや、真紅の火柱はビジネスマンの全身を包み込み、数メートルの高さにまで燃え盛っている。周囲から吹き込む風に乗って集まってきた落ち葉やゴミなどが、爆発するように一瞬で燃え尽き、華やかな彩りを添える。

「く……くふ、くっふふふふふ」

須加綾斗は、喉の奥から込み上げてくる笑いを抑えることができなかった。

見たか。思い知ったか。

酸素の恐ろしさ。そして美しさを。

炎の中で、いつしかビジネスマンは動きを止めていた。立ったままの体は手足が溶け崩れ、真っ黒に炭化して、もう原形をとどめていない。

しかし須加は、まだ握った右手を開こうとしなかった。

炎は歩道の舗装レンガさえも溶岩の如く赤熱させ、中心部の温度がどのくらい上昇しているのかは見当もつかない。しかし、そこに酸化し得る何かが存在する限り、酸素は荒れ狂う怒りを鎮めることはないのだ。

崇めろ。炎を。美しき酸化現象を。

真っ先に逃げずに発火現象を見物していた愚かな通行人たちは、いまや例外なく地面に座り込むか、倒れるかしている。それは周囲の空間が酸欠状態になりつつあるからなのだが、須加の眼には、巨大な火柱を畏れ、ひれ伏しているようにしか見えなかった。

「んっ、んっふっふっふふふ」

肩を揺らし、痩身を捩って、須加は笑った。

長いあいだ、ちょっとした小火を起こすくらいしかできなかった《力》が、ついに人ひとりを焼き尽くすまでに進化したのだ。

しかし、まだまだ。

貴重な酸素を空しく炭素と結合させ続ける人類どもに、愚かさを自覚させるためのソドムの火としては、こんなものではぜんぜん足りない。

もっと、もっと広い空間の酸素を握れるようにならなくては。

「……さーんそ、さんそ」

歌うように口ずさみ、須加はようやく右手を開いた。

「さんさん、さんそ」

掌の中央の皮膚が、瞼の如く上下に裂け、粘液質の輝きを帯びた血の色の球体がきょろりと覗いた。

風が止んだ時、一千度を超える熱に晒されて半ばガラスのようになった歩道のレンガには、不定形の黒い染みが残るのみとなっていた。

2

タクシーから降りた空木ミノルは、道路の両側にうっそうと立ち並ぶ木々を呆然と見上げた。ずり落ちかけたマフラーを引き上げ、続いて降りてきた同乗者に訊ねる。

「……ここ、ですか？」

「そうよ」

艶やかな黒髪を軽く揺らし、安須ユミコは少し悪戯っぽい微笑みとともに頷いた。

埼玉県さいたま市にある県立吉城高校前からここまで移動する車中、ユミコはひたすら黙り込んでいたので、機嫌が悪いのかと思っていたがそういうわけでもないらしい。

しかし、それについてどうこう思う余裕は、いまのミノルにはなかった。

なぜなら、厚生労働省安全衛生部特別課、略称《特課》——すなわち人類を守るために戦う秘密組織の《本部》に行くと言って連れてこられた場所が、さいたま市桜区にあるミノルの家からほど近い秋ヶ瀬公園を彷彿とさせる広大な雑木林だったからだ。

「……そもそも、ここ、東京のどこなんです？」

タクシーが、ＥＶ走行のモーター音を響かせながら去っていくのを待って、ミノルは特課の先輩メンバーに小声で訊ねた。

学校のすぐ近くでミノルを拾った車は、近くのインターチェンジから首都高埼玉新都心線に乗るとそのまま高速道路を三十分近くひた走り、下道に下りてからは右に左に何度も曲がったので、土地勘のないミノルには現在位置がさっぱり解らない。

「これでも新宿区よ」

と答えたユミコは、細い人差し指を午後の冬空に向けて補足してくれた。

「あっちに地下鉄副都心線の西早稲田駅、こっちには東西線の早稲田駅。ちょうど中間くらいかな……住所だと、新宿区戸山三丁目」

「新宿区……」

と言われてミノルが真っ先に思い出すのは、東京都庁の特徴的なツインタワーだ。写真やテレビ画面で見たことがあるその姿を空に探そうとするが、雑木林の梢が邪魔をしてまったく見通せない。

「あの……都庁のビルはどこらへんですか？」

至極真面目にそう質問したのに、ユミコは一瞬きょとんとしてから、笑いを堪えるような顔になって言った。

「見えるわけないわよ、都庁は新宿駅の西側、ここはほとんど北東の端っこだもの」

「そう……なんですか」

さいたま新都心の高層ビル群は、荒川沿いのどこからでも見えるのに。と思ったが口には出さず、ミノルは頷いた。

「あとで時間があったら、地図を見ながら近くを歩いてみれば」

案内してあげる、とまでは言わずに、ユミコは右手に持っていたショルダーバッグを斜め掛けにした。

「こっち。ついてきて」

くいっと顔を動かし、雑木林沿いの歩道を足早に歩き始める。

今日は十二月十三日、金曜日。つまり、秋ヶ瀬公園の森の中で初めてユミコと遭遇してから、ちょうど一週間が経ったことになる。

七日前と同じ、黒のブレザーにグレーのプリーツスカート、黒タイツにミッドカットタイプのスニーカーという出で立ちだ。しかしあの時と同様に、スカートの下に高出力スタンバトンやらコンバットナイフやらを装備しているのかどうかまでは解らない。

颯爽とした足取りで十メートルばかり歩いたユミコは、不意に進路を左に転じた。ミノルが小走りで追いつくと、そこには赤く錆び付いた鉄製の門扉があり、細い脇道が雑木林を貫いて伸びている。

アスファルトの上に積もった落ち葉をぱりぱり踏みながら更に数十秒進むと、不意に行く手が大きく開けた。

うっそうとした雑木林に囲まれた、四角い空間の入り口で、ミノルは唖然と立ち尽くした。

なぜなら、そこにひっそりと建っていたのは、箱のような五階建ての古めかしい集合住宅——いわゆる団地だったからだ。

外壁は、年季の入ったコンクリート。表面積の三割ほどが緑色に苔むし、更に三割はツタに覆われ、残り四割は雨染みで黒っぽくなっている。

一階あたり四戸、五階建てなので全部で二十戸の計算か。見上げたベランダのあちこちには布団や洗濯物が干してあったりスダレが下がっていたりと、秘密っぽさも基地っぽさも皆無に等しい。

いや……それでこそ、なのか。

と考え、ミノルはおずおずとユミコに訊ねた。

「もしかして……この地下に、最先端の秘密基地が隠されてる……とかですか？」

「こんなとこ掘っても、ミミズとダンゴムシの基地しかないわよ」

そっけなく否定し、すたすた歩き出す背中を慌てて追いかける。

まるでそれらしく見えないという点では、この安須ユミコも負けていない。

何の変哲もないブレザー姿の女の子が、スタンバトンと大型ナイフ、そして《加速増幅力》を武器に戦う《ジェットアイ》、つまり黒色サードアイ寄主だなんて……。

いや、いけない。

見るな。考えるな。——記憶するな。

ミノルはユミコの後ろ姿から無理やり視線を引き剝がし、足元の地面に固定した。

ある人間についていったん蓄積され始めた記憶は、それ自体が肥大化を求める。相手をより深く知りたいと思うようになり、その感情はいつしか、自分のことも知ってほしいという欲望へとすり替わる。

——僕がこの場所に来たのは、ジェットアイとして赤色サードアイ寄主……《ルビーアイ》たちと戦うためでも、彼らの犠牲となる人たちを守るためでもない。

長いあいだ探し求めてきた、《誰も自分を知らない世界》に行くために、僕は彼らに協力するんだ……。

学生服の上に羽織ったチェスターコートの襟元を引っ張り上げながら、ミノルは歩いた。

前を行くユミコは、無言のまま団地の一階エントランスに踏み込むと、奥にある古めかしいエレベータのボタンをむぎゅううううと押し込んだ。接触が悪いのか、しぶしぶという感じで扉が左右に開く。

乗り込んだ箱はやたらに狭く、むやみと揺れて、ミノルは多少の緊張を強いられた。扉の上を見ても、定期点検のステッカーらしきものは見当たらない。

斜め前に立っているユミコの髪から漂う仄かな香りも、ミノルをわけもなく緊張させる。そういえば僕は五時間目が体育だったんだ、きっと汗臭いだろうな、だからずっと背中を向けているんだろうか……などと考えてしまい、《防御殻》を展開させたくなってきた時、ようやくエレベータが最上階に到着した。

ゴトゴト言いながら開いた扉から、ユミコに続いて外に出ると軽く息をつき、周囲を見回す。

途端、

「ええっ⁉」

ミノルは短く叫んでしまった。

驚きの理由はまず、出た場所が廊下ではなく、いきなり室内だったこと。

そして次に、部屋のとんでもない広さだ。右と左の壁が、遥か彼方にある。どうやら団地の五階ワンフロアぶんの内壁を端から端までぶち抜いて、横長の一室として利用しているらしい。東西がおよそ三十メートル、南北も八メートルはあるだろう。すなわち床面積は二百四十平方メートル。一畳を一・六平方メートルとすれば、百五十畳にもなる計算だ。

床は灰色っぽいフローリング、三方の壁と天井は剝き出しのコンクリート。正面にずらりと並ぶ窓の向こうには、夕陽に照らされた雑木林が広がっている。とても東京都心の新宿区とは思えない眺めにしばし見入ってしまってから、改めて巨大な部屋を眺め回す。

ひと言でいえば、とてももったいない使い方だった。

大型テレビとスピーカーセット、天井まで届くような本棚、ベッドにも使えそうなソファ、十人は座れるサイズのダイニングテーブルなどが、床のあちこちに孤島の如く配置されている。

ミノルの自室も、男子高校生にしてはかなり物の密度が低いほうだと思われるが、この部屋の空疎さはカラハリ砂漠の如しだ。

ここに住んでたら、毎朝荒川土手まで行かなくても、屋内でランニングできそうだなあ……

などと考えながらぼんやり立っていると、隣のユミコが痺れを切らしたように言った。

「呆れるのは解るけど、そろそろいい？」

「あ……う、うん」

「靴、そこで脱いで。スリッパは好きなの使って」

言われるままにスニーカーを履き替え、ユミコの後に続いて広大なワンルームへと踏み込む。

本棚を迂回し、クッションをまたぎ、テレビセットの前を通り過ぎる。

十五メートル歩いてようやく辿り着いた西の突き当たりは、そこだけがどうにかこの建物の
名称である《特課本部》にふさわしい佇まいだった。

立ち並ぶスチールラックには、コンピュータ本体だの大型モニタだの、プリンタ、スキャナ、
ドライブ類だのがぎっしりと詰め込まれ、その他にも用途不明の謎機械がごろごろしている。

中学校の理科室を思い出させる水道つきの実験テーブルには、ガラスや金属製の各種器具類が
ごちゃっと並ぶ。

そのテーブルの中央で、大型顕微鏡を覗き込んでいるのは、どう見ても子供——ミノルより
ずっと年下の女の子だった。

中学生ですらあるまい。小学校の四、五年生くらいだろうか。短いおさげ髪を背中に垂らし、

そばかすの浮く頰はふっくらと丸い。服装は、これも小学生らしいＴシャツに白っぽいデニムのミニスカート。胸には安全ピンで名札が留められ、その上から、足首まで届きそうな白衣を羽織っている。

「うー？　むぅー……ンン～」

と、可愛らしく唸り続ける小学生に、ユミコが大声で呼びかけた。

「教授！　きょーおーじゅ!!」

――は？　キョウジュって、プロフェッサーの教授？

と首をかしげるミノルの隣で、ユミコは更に声のボリュームを上げる。

「教授、連れてきましたよ！　新しい研究そざ……じゃない、特課メンバーです！」

「ん？　お、おお」

ようやく顔を上げた《教授》は、やはりどこからどう見ても小学生の女の子だった。

赤みのある頰にくっきりした眉。その下の両眼はぱっちりと大きい。白衣姿で顕微鏡を覗くよりも、運動着で校庭を走っているほうが似合いそうだ。

丸型スツールから飛び降り、実験テーブルとスチールラックの隙間を小走りに近づいてきた女の子は、まっすぐな瞳でミノルを見上げた。心の奥底まで見透かされそうな視線に、思わずたじろいでしまう。

そんなミノルの背中を押し戻すと、ユミコは紹介フェイズに入った。

「空木くん、この人が特課の課長代理で作戦指揮官の、イサリリさん」

——課長代理？　指揮官？　イサ……リリ？

ぽかんとしながら女の子の名札を見れば、可愛らしい書体で《四年二組　伊佐理々》とある。日本の学校で第四学年が存在するのは小学校と高専と大学くらいだと思われるが、後ろの二つでは恐らくあるまい。

「で、こっちが例の空木ミノルくんです。教授が興味津々だった」

「余計なことは言わなくていいぞ、ユッコちゃん」

リリという女の子はにやりと笑うと、白衣のポケットから引き抜いた右手を差し出してきた。反射的に握ったその手は、びっくりするほど小さくて柔らかい。

「よろしく、伊佐だ」

「は……はい、ええと、その、空木ミノルです。よろしくお願いします」

「うん。私の呼び方は、伊佐代理でも、リリちゃんでも、あるいはユッコちゃんのように教授でも、何でも構わん。だから、きみの呼び方も私が決めていいかな？」

呆然としたままのミノルは、ただ頷くしかない。

「よろしい！」

今度はにこりと無邪気に笑い、教授は手を解くと可愛らしく小首をかしげた。

「ふむ、空木……ウッチー……ツギツギ……いや、やはり名前かな……ミノミノ……ミルミル

「……ノルっち……」

「………え」

まさかそれらが候補なのか。と戦慄するミノルの肩を、ユミコがぽんと叩いた。

「諦めなさい、私も《ユッコちゃん》を甘受してるんだから。教授は大好きなのよ、ああいう答えのない問題を考えるのが」

「は……はぁ……」

と、テーブルの前を行ったり来たりしていた教授が、ぽんと両手を叩いて叫んだ。

「よし！　きみは今日から《ミッくん》だ!!」

偶然ではあろうが、それは義姉である由水典江がミノルに与えた《みーくん》という愛称に限りなく似ていたので、これならまあ……と思っていると、ユミコがぷっと吹き出した。

「カワイイのつけてもらったじゃない。私もそれでいこうかな」

「やめてください」

ミノルが真剣に拒否すると、ユミコも真顔で「冗談よ」と答えて遠く離れたキッチンへと消えていった。

紹介フェイズが終わり、ユミコが用意してくれたコーヒーが実験テーブルに並んだところで、小学四年生の課長代理は再びミノルに遠慮のない視線を注いできた。

「うーむ、写真はすでに見ていたが、こうして直に会うとやはり驚きを感じてしまうな。きみが単独であの《バイター》を倒したとは」

やけに大人じみた口調でそんなことを言われれば、ミノルは縮めた首を小刻みに振り動かすしかない。

「い……いえ、単独ってわけじゃないです。《バイター》と戦ったさいたまスーパーアリーナには、ユミコさんとDDさんも来てくれましたし……」

「謙遜しなくていいわよ。私たちは出遅れたうえにさっぱり役に立たなかったんだから。……そういえば教授、DDの奴はどこに？」

ユミコの問いに、イサリリ教授はミルクと砂糖をたっぷり入れたコーヒーカップをかき混ぜながら答えた。

「《嗅ぎつけた》らしい。オリビーと一緒に捜索に出ている」

その答えにユミコはぴくりと眉を動かす。

「てことは、今日は教授だけ？　リンデンベルガーさんは？」

「不在だ、例によって」

——誰なんだ、オリビーとかリンデンベルガーさんて。

というか、この組織……《厚生労働省安全衛生部特別課》には、全部で何人のジェットアイがいるんだろう。目の前の教授も、やはりあの黒い球体を体のどこかに持っているのか。だとすれば、《能力》は何なのか。

ミノルは、この基地改め団地に到着してからの過大な情報入力のせいか、あるいは次から次に湧いてくる疑問のせいか、頭がくらくらするのを感じた。ふだん、《昨日と何も変わらない今日》をモットーに暮らしているので、環境の変化には大いに弱い自覚がある。速やかに知るべきことを知り、さいたま市の自宅に帰って、頭をリセットしたい。

というミノルの心の声が聞こえたかのように、教授が話を戻した。

「ま、それはともかく。ミッくん、きみは、《サードアイ》についてはどこまで説明を受けているのかな？」

「え……ええと……」

姿勢を正し、実験テーブルの黒い表面を見据えながら答える。

「直径二センチくらいの球体で、宇宙からやってきて、人間に寄生する……。数はまだ不明で、赤い《ルビーアイ》と黒い《ジェットアイ》がある。違いは、ルビーアイに寄生された人間は他の人間を殺そうとすること。そしてどちらも、寄生された人間に、不思議な能力を与える。僕の《殻》や、ユミコさんの《加速》みたいに」

「うん。だいたいのところは説明されているようだな。一部訂正するならば、サードアイが付与する能力については、少しだけだが不思議ではなくなっている」

「えっ」

ミノルは口許に運びかけたコーヒーカップをぴたりと静止させ、聞き返した。

「解明されたんですか⁉　能力の仕組みが⁉」

「いや……解明、とまでは到底言えない。《何が起きているのか》はおぼろげに推測できても、《どうやって起こしているのか》はさっぱりだからな」

おさげ髪の先を指先に巻き付けながら、教授は軽くかぶりを振る。

「で……でも、それだけでも凄いですよ。いったい何が起きてるんですか？　あの球体には、どんな力があるんですか……？」

身を乗り出すミノルに向けて、教授は指を一本立ててみせた。

「簡単に言えば、分子や原子を直接操作しているのだ。未知の力……念動力のようなもので」

「原子を……操作？」

「うん。そしてその効果範囲の広さは、操作対象とする原子、もしくは分子の複雑さと反比例する」

教授の右手が動き、テーブルに乗っているシャーレの一つをミノルに向けて滑らせた。

しっかりと蓋が被せられたその中には、見覚えのある銀灰色に輝く、一円玉ほどの大きさの金属片が存在した。

「あっ……こ、これは……」

「バイターの《歯》だよ」

平然とそう言うと、教授は腕組みをして続けた。

「まったく、驚くべきしろものだ。人間の歯の主成分であるヒドロキシアパタイトの組織中に、鉄とクロムの分子がナノスケールの3Dハニカム構造を作り、ビッカース硬度2500という恐るべき硬さを実現している」

「ちょっといいですか、教授。そのビッカース硬度って、普通の人間の歯だと、どれくらいの数値なんですか?」

ユミコの質問に、小学四年生の女の子は、いい質問だと言わんがばかりに微笑んだ。

「我々の歯は、せいぜい400程度だ。タングステンカーバイドなどの超硬合金で1700、サファイアが2300。バイターの歯がいかに硬いか、理解してくれたかな? ……ちなみにこの歯と同じものは、既知のテクノロジーでは造れない。クロムの融点が約1900度なのに対して、ヒドロキシアパタイトは1670度だからな。融けたクロムでコーティングしようとしたら、歯が燃え尽きてしまう。つまりバイターは、この歯を作り出す過程で、鉄とクロムとヒドロキシアパタイトを同時に操作したことになる。それだけではない。奴は、顎のまわりの骨格や筋肉さえも変形させたそうだな?」

「あ……は、はい、確かに」

ミノルは、ほんの四日前に戦ったルビーアイの姿を脳裏に思い描いた。

「まるで、鮫みたいに口が前に突き出して……」

「ということはつまり、人間の体を構成するタンパク質や脂質、カルシウム化合物などの複雑極まる分子構造を自在に操作したということだ。そのような肉体変容タイプのサードアイは、基本的に自分の体にしか能力を及ぼせない」

「あ、ああ……それでさっき、効果範囲の広さと操作対象の複雑さは反比例する、って仰ったんですね」

小学生相手に、ごく自然に敬語を使いながらミノルは呟いた。

イサリリ教授も、どこか教師を思わせる仕草で頷く。

「そうだ、理解が早いな。簡単に言えば、多数の原子からなる高分子化合物を操作するサードアイ保持者は能力の《射程距離》が短く、逆に操作対象の分子が単純になればなるほど、射程距離は長くなる。付け加えれば、能力のカテゴリ的には、ユッコちゃんの《加速》もバイターと同じということになるな」

それを聞いたユミコが、厭そうに顔をしかめる。

「……それは、確かに私も、自分の体をまるごと操作してるってことになるんでしょうけど……変身とかはぜんぜんしないし……」

「やろうと思えば、できるような気もするけどな」

にやりと笑みを浮かべてから、教授は説明を続けた。

「ユッコちゃんの場合は、地面を蹴ることで発生させた加速力をテコにして、肉体を構成する全ての分子を前方に放り投げているわけだ。だから原則的には、自分の体以外のものには力を及ぼせない」

「肉体を……放り投げる？」

鸚鵡返しに呟きながら、ミノルはちらりとユミコを見やった。

黒ブレザーの女子高生は、素知らぬ顔でブラックコーヒーを啜っている。《加速者》なるコードネームを持つ彼女が、テレポートにも等しい猛ダッシュを行うシーンは、バイター戦の最中に何度も目撃した。しかしミノルはいままで、ユミコの能力は、加速力そのものを操作しているのだと思っていた。体を作っている分子を放り投げている、と言われても咄嗟に現象をイメージできない。

眉を寄せながら懸命に理解しようとしていると、不意にイサリリ教授が言った。

「どうやらミッくんが悩んでいるようだから、軽く実演してみてくれないか、ユッコちゃん」

「ええ？　ここでですか？」

ユミコは実に嫌そうな顔をするが、教授は平然と頷く。

「うむ。改めて《現象》を見れば、一発で理解できるはずだ」

「空木くんは、もう何度も見てるはずですけど」

と言いながらも、ユミコは丸椅子から腰を上げた。教授に手振りで促され、ミノルも立つ。

「ミッくんは、少し離れた……あのへんで見ているといい」

「は、はい」

指示されたとおりに、巨大な部屋の中央南側に置かれたテレビの近くまで移動する。西の壁際にある実験テーブルからの距離は、約十五メートル。屋外では大した距離ではないが、室内だと遥か彼方に感じられる。

「では、行くぞ！　よく見ておけよ、ミッくん！」

という教授の叫び声に、

「跳ぶのは私ですけどね」

と諦め顔で応じたユミコは、履いていたスリッパを脱ぎ捨てた。黒タイツに包まれた両足で、フローリング材の強度を確かめるように軽く床を踏み締める。

空気抵抗を低減させるためだろうか、伸ばした両腕を後方に振り上げ、右足を一歩前に。

しかしその足は、床に触れることはなかった。あたかも不可視のゴムベルトに引っ張られたかのように、ユミコの体は凄まじい勢いで床から数センチ上空を滑走すると、ぶうんっ！　と空気を鳴らして眼前を通り過ぎていった。

だが、ミノルは、大部屋の反対側で着地するユミコの姿を追いかけることができなかった。スピードに眼が付いていかなかったわけではない。彼女の着ている白いブラウスが、風圧で胸に強く押しつけられるさまが視界に焼き付き、思考の流れを瞬断させたのだ。

――いや、でも、さっきまで着てたブレザーはどこにいったんだ？

という疑問は、二秒後に氷解した。

「な……なにするんですか、教授！」

と金切り声で叫んだユミコが、再び能力を使って部屋の西側へと突進していく。向かう先では、悪戯っぽい笑みを浮かべたイサリリ教授が、右手で黒いブレザーを持ち上げている。

恐らく、ユミコがダッシュする寸前に、ブレザーの背中あたりを掴んだのだ。両腕を後ろに伸ばしていたせいでブレザーは抵抗なくすぽんと脱げて、教授の手に残ったということだろう。

「返してください！」

着地するやいなやブレザーを奪い返したはいいが、慌てて着ようとしたせいで左の袖ぐりに手が引っかかって四苦八苦しているユミコを見ないようにしながら、ミノルは実験テーブルのところに戻った。

白衣のポケットに両手を突っ込んだ教授が、笑顔で訊いてくる。

「どうだミッくん、理解できたかな？」

「えっ……………と…………」

――いまの出来事から、僕は何を理解するべきなのだろう。

などとしばし悩んでから、ようやく気付く。

もしユミコの能力が、ミノルがこれまで考えていたように加速力そのものを増幅するのなら、その影響は動いている物体全てに及ぶはずだ。しかし、小柄な教授が掴んだだけでブレザーは脱げて取り残された。つまり、

「……ユミコさんの能力は、あくまで自分の体だけを対象にしていて、服は体に引っ張られているだけ……ということですか」

「そのとおり！」

ぱちんと指を鳴らした右手で、ユミコがブレザーを着直すのを手伝ってやりながら、教授は説明を続けた。

「ユッコちゃんやバイターのような《自己操作型能力者》の対極にあたるのが、DDのような《遠隔感応型能力者》だ」

ミノルは、いつも瞼を重そうにしている青年の顔を思い浮かべる。ユミコと共にバイターを追っていたあの青年の能力は、他のサードアイを匂いで嗅ぎつけること。彼に《DD》といういかしたニックネームをつけたのも、恐らく教授なのだろう。こうなると、先刻会話に出てきた《オリビー》とか《リンデンベルガーさん》の本名が気になるところだが。

少々脱線したミノルの思考を、教授の声が引き戻した。

「DDは、分子操作はまったくできない。しかしその代わりに、キロメートル単位の距離から《他のサードアイによって操作される分子》を感知できるのだ。攻撃や防御は捨てて効果範囲のみに特化した力……と言えるな」

「ははぁ……なんだか、ステータスポイントをどのパラメータに振るか、みたいな話なんですね……」

ついそんなコメントを口にするミノルに、ブレザーのボタンを上から下まできっちり留めたユミコがじろりと視線を向けてきた。

「きみは、けっこうアイツと気が合いそうね」

「え……でぃ、DDさんですか？」

「違うわ、もう一人のほう」

はて、とミノルは首をかしげたが、誰のことなのかは教えようとせずに、ユミコは視線を動かした。

「そんなことより教授、そろそろ本題に入りません？　日が暮れちゃうわ」

「二〇一九年十二月十三日の東京の日没時刻は、十六時二十八分四十三秒だ。あと五分しかないが、急ぐとしようか」

カレンダーもスマートフォンも見ずにそう言ってのけた推定十歳の少女は、ミノルとユミコを再び丸スツールに座らせると、自分も向かい側に腰を下ろしてミルクたっぷりのコーヒーを一口飲んだ。

「さてと……前置きが済んだところで、ミッくん、きみの能力なのだが」

「はっ……はい」

思わず背筋を伸ばしながら、次の言葉を待つ。

「ユッコちゃんから最初にきみの能力……《防御殻》の話を聞いた時、私は何らかの分子を操作して透明な障壁を形成しているのではないかと推測した。そしてその分子を決定するべく、回収されたバイターの《歯》を解析した。バイターはきみの防御殻にさんざん噛み付いたので、その表面には、殻の構成物質が付着しているはずだと考えたからだ」

「あ……そ、そうですね……」

四日前の恐ろしい体験を思い出しながら、ミノルは頷いた。頭部を人食い鮫の如く変形させたバイターは、鉄さえも噛み砕く銀色の歯で、ミノルの《殻》を何度となく破壊しようとした。もし《殻》が透明な物質でできているのなら、いくばくかの分子が歯に削り取られたと考えられる。

しかし教授は、難しい顔で卓上のシャーレを睨んだ。

「ところがどっこい、だ。このバイターの歯からは、最後の戦場となった、さいたまスーパーアリーナ地下駐車場のコンクリート粉塵以外には何一つ検出されなかった。電子顕微鏡でも、ガスクロマトグラフィでもな。ダイヤモンド以外のあらゆる物質よりも硬いあの歯に噛まれて、まったく損傷しない《殻》など考えられん」

「………あ」

と呟いたのは、隣に座るユミコだった。ブレザー脱がされ事件以来ずっと眉間に刻んでいた皺を消し、両手の指を組み合わせる。

「ならいっそ、本当にダイヤモンドでできてるってことはないんですか？　ダイヤモンドって炭素の結晶なんですよね。炭素なら、周りの空気中に二酸化炭素として存在するはずだし……それを瞬時に結晶化させて、殻を作り出してるってことは？」

「ふむ。なかなか面白い意見だし、色々と夢も広がるが……」

子供らしからぬ苦笑を浮かべ、教授は肩をすくめた。

「残念ながら、ダイヤモンドは硬度こそ突出していても、靭性、つまり割れにくさはそれほどでもないんだ。ダイヤモンドで薄い殻を作っても、常人にハンマーで一撃されるだけで粉々に砕け散ってしまうだろう。とてもバイターの咬合力に耐えられるとは思えん」

「なぁんだ」

本気で残念そうな声を出し、ユミコは冷めかけたコーヒーを啜った。申し訳ないような釈然としないような気分に陥るミノルに向けて、教授は二本指を突き付ける。

「そこで、私は第二の仮説を立てた。きみの《防御殻》は、何らかの物質でできているのではなく、分子操作力そのものなのだ、と」

「分子……操作力、ですか？」

「どう説明すればいいかな……ああ、これを見てくれ」

と言って教授が手許に引き寄せたのは、バイターの歯が収められたガラスシャーレだった。

蓋を外すと傍らにあったピンセットを手に取り、銀灰色の歯を真上から強く押す。

すると驚いたことに、直径二センチほどの塊は、真ん中から二つに割れると左右に転がった。

切断面は、鏡のように輝いている。

「すごい……どうやって切ったんですか……？」

教授がテーブルの中央に押し出したシャーレに、ミノルはそう呟きながら右手を伸ばした。

途端、

「触るな！　切断面のエッジが鋭利すぎて、触れただけで皮膚が裂けるぞ」

という注意が飛び、慌てて手を引っ込める。

「はっ、はい。……これは、いま、教授……じゃなくて伊佐さんが切断したんですか？」

「教授で構わんよ。そして答えはノーだ。すでに切断されていたものが、ファンデルワールス力によって吸着していたのだ」

「ファンデルワールス力……」

理数クラスに所属しているミノルは、その言葉を物理の授業で、簡単にだが習っていた。

「いわゆる分子間力ってやつですよね。でも、金属をその力だけで物理吸着させるためには、切断面を限りなく平滑に研磨する必要があると思うんですが……。バイターの歯をダイヤモンドカッターか何かで切断して、わざわざ断面を磨いたんですか？　何のために？」

ミノルがそう問いかけると、教授は意を得たりというように頷いた。

「とてもいい質問だ。確かに、この歯を尋常な手段で切断するには、ダイヤモンドカッターを使うしかないだろうな。しかしこいつは、尋常ならざる手段で切断されたのだ。具体的には、とある特課メンバーの能力でな」

「…………！」

息を呑み、再びシャーレ内の二つの小片に眼を凝らす。あのバイターの歯を、まるでチーズか何かのように切断するとはまさしく尋常ではない。

「能力……つまり、ダイヤモンドなみに硬くて、カミソリみたいに鋭い刃を作る能力……ですか？」

「今度の質問はあまりよくない」

にんまり笑った教授は、話題を巻き戻そうとするかのように右手の人差し指をくるくると回転させた。

「さっき言ったはずだぞ、きみの《殻》は物質ではなく、操作力そのものなのではないか……となｃこの歯を切断したのも、同様の力だ。我々は便宜的に《分断》と呼んでいるが……簡単に言えば、固体を固体たらしめている分子間力を任意の平面で消失させたのだ。分子と分子の結合を断つのだから、たとえ対象が鋼鉄の塊だろうと、あるいは絹ごし豆腐だろうと、完璧に切断できるという理屈だ」

「…………分断、ですか……」

呆然と呟くミノルの顔から、卓上のシャーレに視線を落とすと、教授は言った。

「どうだ、そろそろ私の言いたいことが理解できたんじゃないか？　この歯を切断した《分断》

と同じく、きみの《防御殻》も、何らかの物質でできているのではなく……」

「あっ、そうか。物質ではなく操作力そのもの……。つまり、体の周囲に他の物体、というか分子を寄せ付けない力ってことですか？」

「そのとおり！」

　ぱちーん！　と教授は両手を勢いよく打ち合わせた。

「それが私の、第二の推論だった。《分断》の同類にして対極に位置する能力ということだな。これならば、バイターの歯がミッくんの防御殻から分子ひとつたりとも削り取れなかったことも説明できる。しかし……しかし、だ」

　深く納得しかけていたミノルに、更なる否定の言葉が投げ掛けられる。

「私は、ミッくんとバイターの戦闘の最終局面に関する報告を読み、第二の推論も捨てざるを得なかった……」

「え……⁉　な、なんでですか？」

「なぜならば、きみは、ガソリンの燃焼が生み出す高熱すらも遮断したからだ！」

　艶やかな唇を、小さな真珠のような歯がきゅっと噛む。

　教授は不意に立ち上がると、テーブル上にあったＬＥＤデスクライトを引き寄せ、かちっとスイッチを入れた。放たれるオレンジがかった光を、ミノルの右手に向けてくる。照らされた箇所に、ほのかな暖かさが生まれる。

「火炎が発する輻射熱は、物質ではない。このライトから発せられているのと同じ電磁波だ。ならば、きみの防御殻は、可視光を含む電磁波までをも遮断するのだと仮定しようか。しかしその場合は、能力発動中のきみには周囲の光景が一切見えなくなり、きみの姿も殻の外からは見えなくならなくては間尺に合わん。光を吸収するなら真っ黒に、反射するなら鏡面に見える理屈だ。そうだろう！」

難解さを増してきた話を懸命に理解しようとしつつも、ミノルは否応なくあの恐ろしい鮫男との戦いを思い出していた。

大脳が吹き飛んだことによってサードアイが《暴走》し、異形の怪物へと変形したバイターは、牙の生えた腕で自動車のボディを紙のように引き裂いた。損傷した燃料タンクから溢れたガソリンを頭から被ったバイターを、ミノルは防御殻を使って必死に押さえ込み、ユミコにスタンバトンで着火してもらったのだ。

ガソリンは瞬時に燃え上がり、紅蓮の炎となってバイターとミノルを呑み込んだ。あの時、ミノルは恐怖なら嫌と言うほど感じたが、確かに熱さはまったく知覚しなかった。

つまり、防御殻は、至近距離で燃えさかる炎の熱をも完璧に遮断した——ということになる。しかしそれでいて、まばゆい炎の輝きをミノルは見た。確かにそれは、理屈に合わない。火炎の放つ赤い光は、それ自体が熱エネルギーを運ぶ電磁波であるはずなのだから。

デスクライトを消した教授は、大きな瞳をきらきら光らせながら、早口にまくし立てた。

「無論、更なる推論を積み重ねることはできるよ。たとえば、ミッくんの防御殻は、限られた波長の無害な可視光のみを透過させるのだ、とかな。となると、きみの能力は分子のオーダーに留まらず、素粒子レベルの操作さえも可能であるということになってしまうが……ここから先は、実地に検証してみないと何とも言えん」

興奮ぎみに言葉を連ねる教授に向けて、ミノルはおずおずと右手を挙げた。不意に、一つの疑問が脳裏に浮かんだのだ。

「あの、教授……さん」

「なにかな、ミッくん。それと、教授と呼ぶならばさん付けは要らんぞ」

「あ、はい……教授。そのですね……僕、殻を出している時は、周囲の光景は見えるんですが音が一切聞こえなくなるんです。これはつまり、音を振動として伝える空気中の分子まで全部遮断してる、ってことですよね？　酸素とか、窒素とか」

「ふむ。そうなるかな」

「でも……何日か前に、殻を一時間くらい出しっ放しにしてみたことがあるんですけど……考えてみると、そのあいだもずっと呼吸できてたんですが、これもちょっとおかしくないですか……？」

「…………………」

ぴたりと体の動きを止めた教授は、眉をきつく寄せながら囁いた。

「…………なんだって？」

その後、約二時間にわたって、ミノルの《防御殻》はイサリリ教授の手で徹底的に調べ上げられた。

窓の外の雑木林は暗闇に沈み、その向こうに東新宿あたりのイルミネーションが煌びやかに浮かび上がる。ユミコは少し離れたソファに寝転がって、シリーズもののコミックスを読みふけっているようだ。

義姉の典江には、今日は友達の家に泊まると連絡しておいた。八年前に引き取られて以来、ミノルがそんなことをするのは初めてなので典江は妙に喜んでいたが、事実は少々異なるので心苦しい。ユミコは、必要なら私が電話で口裏を合わせてあげるけど、と申し出てくれたが、丁重にお断りしたのは言うまでもない。

そんなことをぼんやり考えつつ、ミノルはビデオカメラやら謎のセンサー類やらに囲まれた台の上で、繰り返し殻を出したり消したりした。

教授はひっきりなしに唸ったり考え込んだりしながらデータを取り続けていたが、時計の針が午後七時を回った頃、ようやく「今日はここまでにしよう」と宣言した。

ミノルが台から降り、ワイシャツを着ていると、ユミコが大きく伸びをしながら近づいてきた。

「やっと終わり？　じゃあ、晩ご飯にしようよ教授。私もうおなかペコペコ」

こちらも再びブレザーの上着を脱ぎ、ブラウスのリボンも外している。

ユミコの言葉に、教授が凄まじい勢いでパソコンのキーボードを叩きながら答えた。

「ゴハンは構わんが、ＤＤがまだ戻っていないから、このなかの誰かが調理担当ということになるぞ」

「げっ……そっか……」

頬をひきつらせ、ユミコが天井を仰いだ。

「またあの惨劇を繰り返すのは勘弁だわ……」

……惨劇？　と眉を寄せるミノルの前で、ユミコは恨めしそうに窓の外を睨みながら叫ぶ。

「あああ、出前さえ取れればなー！」

「取れない……んですか？　出前……」

思わずそう訊ねる。場所は新宿区で、時間はまだ夜七時なのだ。ピザでも寿司でも中華でも、デリバリーは頼み放題ではないのだろうか。

すると、ユミコは横目でミノルを見ながらかぶりを振った。

「取れないの。なぜなら、誰もこの団地には入ってこられないから」

「え……!?　だって、道路のとこの門、開けっ放しでしたよ」

「あの門のところから、氷見課長のケッカイが張ってあるのよ。部外者は、前の道を通っても、そこに門や団地があることを認識できないの。明治通りあたりまで受け取りにいけば大丈夫だけど、そこまでするなら、どっか美味しい店に食べにいったほうがいいって話だわ」

「け……ケッカイ……」

漢字で書けば《結界》なのであろうと、ミノルはようやく思い至る。

氷見課長というのは、四日前にさいたま市の病院で紹介された、どこか武人めいた雰囲気のある男性の名前だ。この特課を率いる指揮官。能力は、《人の記憶を操作する》こと。

サードアイの能力が原子や分子を操作することだというなら、氷見の力は脳のシナプスやらニューロンをどうにかするのだろう、と推測はできる。しかしよもや、この場にいないのに、五階建ての団地をまるごと余人に認識させない、などという真似ができるとは。

「……いよいよ、何でもありになってきたなあ……」

小声で呟きながら俯けていた顔を上げたミノルは、かなりの近距離からユミコが覗き込んでいることに気付き、うわっと仰け反った。

「な、なんです⁉」

「ねぇ、う、つ、ぎ、クン」

「…………なんです？」

「きみ……料理とか、できたりしない？」

「か、簡単なものなら……」

絶対ナル

孤独者

<アイソレーター>

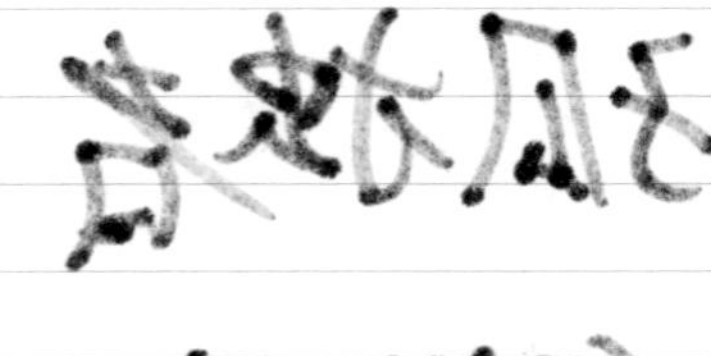

　思わずそう答えてしまってから、ヤバイと思った時にはもう、ユミコにワイシャツの胸ぐらをがっしと掴まれている。

「何も、フレンチのフルコースだの京懐石だの満漢全席を作れとは言わないわ。ふつうに食べられればそれで充分よ」

　にこやかに言い放つと、ユミコはミノルの背中を部屋の反対側にあるキッチンに向けて押しやり始めた。

　教授が、モニタを覗き込んだまま片手を振り、言った。

「ミッくん、私はシュンギクとシイタケが嫌いだ」

……小学四年生の女の子じゃなければ、春菊と椎茸山盛りの寄せ鍋でも作ってやるのに。

　などと考えつつ、三十メートルの部屋を横断して辿り着いたペニンシュラ型のキッチンは、予想外に本格的だった。ガスコンロは三口のビルトインタイプだし、ステンレスのカウンタートップも綺麗に磨かれている。水栓は据え置き型の浄水器つきで、吊り棚には厚みのある鍋やフライパンが幾つも並ぶ。

「これ……勝手に使っていいんです……？」

　振り向いて訊ねると、ユミコは平然と頷いた。

「どうせＤＤが趣味で揃えた道具だし、そもそも特課の予算で買ったんだから文句言わせないわよ」

「はあ……」

とりあえず、ドイツはミーレ社製の大型冷蔵庫を開けてみると、新鮮そうな食材がたっぷりストックされている。これなら、ミノルの限られたレパートリーでも何とかなりそうではある。

もう一度ユミコを見て、味の保証とかしないですからね、と念押ししてから、ミノルはまず寸胴鍋にたっぷり水を入れてコンロの火にかけた。

続いて、冷凍のイカ、ホタテ、剝きエビを電子レンジで解凍する。小鍋にも湯を沸かして、一口大に切ったアスパラとブロッコリを下茹でする。その頃には大鍋の湯も沸き始めたので、多めに塩を入れ、パスタの乾麺を三人分ばらっと投げ入れる。

ニンニクひとかけらを刻み、フライパンにオリーブオイルを垂らすと、種を抜いた鷹の爪と一緒に弱火でじっくりと加熱。薄く色がついてきた頃合に、シーフードと野菜を投入して手早く炒める。火が通り始めた時点で、パスタの鍋から茹で汁を適量フライパンに注ぎ、小刻みに振り動かす。肉厚のフライパンは重さが二キロ近くありそうだが、サードアイが筋力を増強させたせいか、負荷はほとんど感じない。

オイルが白く濁り始めたタイミングで、隣に立ったままのユミコに言う。

「すいません、そこのトングで麺上げてくれますか」

「あ……うん」

ユミコが、ぎこちない手つきで大鍋からザルに掬い上げたパスタを、火力を最大にしたフライパンに投下。じゃああっ！　と盛大に水蒸気が立ち上る。大きくフライパンを煽って、乳化したソースと麺を絡め、塩少々で味を調える。

「お皿お願いします」

「はっ、はい」

ペッパーミルをガリガリやってから、レンジの脇にユミコが並べてくれた皿にフライパンの中身を均等に移した。手でちぎったスイートバジルの葉っぱを散らして仕上げると、ふうっと一息つく。

「……あの、いちおう、できました」

途端、ぱちぱちと二人ぶんの拍手が響いた。

見れば、いつの間にか教授もキッチンの入り口に立っていて、ユミコと一緒に両手を打ち合わせている。

「……たった十五分だったわ、教授」

「うむ。驚いたな……ＤＤがシェフの時は、最短でも一時間は待たされるからな……」

「いえ、その」

ミノルは慌ててかぶりを振った。

「ただの手抜き料理ですから……」

埼玉県庁に勤める典江と二人暮らしのミノルは、食事の支度を手伝うのはもちろんのこと、一人で料理する機会も多い。料理そのものは決して嫌いではないが、そこは高校生男子なので、手の込んだものよりも、《手早く作れてボリュームがあってそれなりに食える》方面のレシピばかりが身についてしまう。

この具だくさんペペロンチーノも例外ではなく、味に関しては二の次――なのだが。

キッチンの近くに置かれたダイニングテーブルにつき、それぞれの皿を抱え込んだユミコと教授は、競争するかの如き勢いで次々にフォークを口に運んだ。食べてもらえたのは嬉しいが、嬉しいと感じる自分に少なからぬ嫌悪感も抱いてしまう。日頃、他人の記憶を残したくないと望んでおきながら、評価されれば喜ぶのでは一貫性がなさ過ぎる。

――この件は、家に帰ったらとっとと忘れよう。そのためにも、当分ペペロンチーノは作らないようにしよう。

などと後ろ向きなことを考えながら口を動かしていると、一足先に食べ終わったユミコが、グラスに注いだウーロン茶を飲み干すとため息まじりに呟いた。

「はー……なんか、こういう味、すっごい久しぶりな気がする……」

「うむ……スピーディな手際だからこそ出せる味なんだろうな……」

食べながら教授も追随するので、ミノルは再び首を縮めた。

「す、すいません。手の込んだ料理は、まったく作れないんで……」

「ううん、褒めてるのよ、空木くん。このスパゲティ、とっても美味しい。なんだか……懐かしい味」

珍しく明確な笑みを浮かべたユミコにそう言われると、いっそう気恥ずかしくなってしまう。

そもそも二人は、どのあたりに住んでいるのだろうか。高校生であろうユミコはともかく、小学四年生の教授はそろそろ自宅に帰るべき時間なのではないか。

そのへんを訊ねてみるべく、口の中のイカを急いで呑み込もうとしたが、その前にユミコが話題を変えてしまった。

「で……教授。何か解ったんですか？　空木くんの《防御殻》について」

フォークに突き刺したブロッコリを空中でホバリングさせながら、教授は唸り声を交えつつ答えた。

「んん～～……ま、解ったことは一つだけある。つまり、ここの設備では何も解らん、ということがな」

「ええっ⁉　教授に解らないことがあるなんて……」

「あるに決まってるだろう、ユッコちゃん」

苦笑した教授は、ぱくりとブロッコリを頰張り、咀嚼してから言葉を続けた。

「私の《能力》は、ありとあらゆる疑問に答えを出せるようなものでは決してないのだから」

それを聞いた途端、ミノルはダイニングテーブルの向かい側に座る小柄な少女をまじまじと見詰めてしまった。

「……じゃあ、やっぱり教授もサードアイ保持者なんですね？　能力は、いったい何なんですか？」

その問いに対する答えは、シンプルだが予想外のものだった。

「考えることだ」

「考える……こと……？」

首を捻るミノルに、ユミコが補足する。

「教授の能力である《思索》は、答えに辿り着き得る疑問ならほとんどなんでも、あっという間に解答してしまうのよ。たとえそれが、何百桁っていう大きい数字の素因数分解でもね」

「下らん力だ。そのへんのコンピュータでも、時間をかければ同じことができる。……むしろ私は、この力のせいで、果てしなく愚かになってしまったような気すらするよ……。──まあ、私のことはどうでもいいのだ」

グレープフルーツジュースを一口飲むと、教授は話を戻した。

「あれこれ測定した結果、やはりミッくんの《防御殻》は、物質としての実体を持つものではないという結論に達した。何せ、殻の表面の摩擦係数が完璧なるゼロだからな」

「摩擦が……ゼロ……？」

咄嗟にイメージできないミノルに代わって、ユミコが異を唱えた。

「でも、教授、それはおかしいわ！　空木くんは、殻を展開したまま走りました。摩擦がないなら、地面を蹴れずに、その場でつるつる滑ってしまうはずよ」

「そうなのだがな……。どうやら、殻の展開時、ミッくんは殻越しに地面を踏んでいるわけではないようなのだ……」

「え……じゃあ、どうやって立ってるんですか？」

「皆目解らん。これ以上は、各種データの検証が終わるまでは何も言えん」

教授はそう呟くと、パスタの最後の一口を頬張った。惜しむかのように時間をかけて食べ終えると、ミノルを見てにっこり笑う。

「美味しかった。ごちそうさま、ミッくん」

「い、いえ、おそまつさまです」

「いやいや、見事な腕だよ。きみのコードネームを、《調理者》にしたいところだ」

ぷっ、と吹き出したのはユミコだった。

「DDがそねみますよ、それ。アイツ料理に命かけてますから」

「コードネーム……って、ユミコさんの《加速者》みたいな？」

ちらりと左を見ながら訊ねると、特課の指揮官はこくりと頷く。

「そうだ。我々の組織が、識別済みのルビーアイに略称を与えていることは、もう知っているだろう？」

「ええ。《バイター》みたいな、ですね」

「そう。同様に、組織のメンバーもそれぞれコードネームを持っている。作戦中に本名で呼び合うのは、危険が大きいからな。たとえばユッコちゃんは《加速者》と書いてアクセラレータ。バイターの歯を切ったやつは《分断者》、ディバイダ。他のサードアイを鼻で嗅ぎ分けられるDDは《探索者》、サーチャー。私は《思索者》でスペキュレータということになっている。メンバー入りしてくれたミッくんにも何か考えなければならんのだが……《防御者》でディフエンダーはしっくりこないし……《硬化者》でハードナーだとネイル用品だしなぁ……」

うむむ、と考え込む教授に——。

ユミコが、静かな声を投げ掛けた。

「……《孤独者》と書いて《アイソレータ》はどうですか」

ぱちくりと瞬きしてから、教授が小さく眉を寄せる。

「ユッコちゃん、それは少々皮肉が効きすぎなんじゃないか？」

「皮肉じゃないです。この空木くんは、全てのルビーアイが排除されて、特課が解体される時がきたら、氷見課長の能力でありとあらゆる人間から自分に関する記憶を消去してもらう……そういう条件で仲間になってくれたんです」

かすかな微笑みを浮かべたまま、

「だから、私たちは、今日食べたスパゲティのこともいつか忘れてしまうんです。誰の記憶にも残らない……そんなの、孤独すぎると思いませんか？」

ミノルが氷見課長に出したその交換条件を、教授は聞いていなかったらしい。

大きな瞳をいっぱいに見開き、しばしミノルを見詰めていたが、やがて年齢に似つかわしくない包容力を感じさせる笑みを浮かべ、頷いた。

「……そうか。ミッくんは、《孤独者》と呼ばれることに異論はあるかな？」

「いえ」

ミノルは、即座にかぶりを振った。

「いい名前だと思います。《孤独者》……アイソレータ、気に入りました」

「うむ。なら、そのコードネームで登録しておこう。それにしても……このパスタの味を忘れてしまうなら、もうちょっと味わって食べればよかったな」

ミノルには答えようもない言葉だったが、少ししてからユミコがぽつりと言った。

「また作ってくれますよ、きっと」

3

須加綾斗は、自宅のドアを後ろ手に施錠した瞬間、深く息を吸い込んだ。

甘い。

空気に満たされた濃厚な酸素が、肺から血管を通って体の隅々にまで広がり、外界の汚濁を洗い流していく。

須加が借りている2LDKのマンションは、全ての部屋に大小さまざまな植物のプランターが所狭しと置かれている。わずかな期間だけ大輪の花を咲かせてすぐに枯れてしまうような、人間のエゴを押しつけられた植物は一つもない。艶やかな濃緑色の枝葉をいっぱいに茂らせ、盛んに光合成を行う頼もしい草木たちばかりだ。

心ゆくまで深呼吸を繰り返してから、やっと革靴を脱ぐ。

緑溢れるリビングルームに入ると、真っ先に南のサッシを全開にする。広いベランダもまた、足の踏み場がないほど植物の鉢に埋め尽くされている。冬の短い日照を最大限に利用するべく、室内のプランターをローテーションで毎朝ベランダに出しているのだ。

しかし、いかに亜熱帯化が進んでいる東京都内でも、日没後は早めに室内に入れてやらないと霜にやられてしまう危険がある。数十個のプランターを朝晩出し入れするのは重労働だが、須加にはまるで苦にならない。手塩に掛けた植物たちのためでもあるし、あの《赤い目玉》を体に宿してからというもの、筋力も持久力も著しく向上している。

「寒かったろう。すぐに暖かくしてやるからな」

肉厚の葉を長く伸ばすストレリチアに囁きかけながら、須加はワイシャツの袖を捲り上げ、日課の作業に取り掛かった。

五個目のプランターをリビングの壁際に移した時だった。インターホンが無遠慮な電子音で作業を妨げた。

「…………」

顔をしかめ、壁の液晶モニタを見やるが、カメラ映像は表示されていない。エントランスのオートロック端末からではなく、玄関ドアからの呼び出しだ。

どうせ、住民に紛れてロックをすり抜けてきた勧誘員か何かだろう。そう判断し、無視して作業に戻りかけたが、今度はドアを拳で直接叩く粗雑な騒音とともに、苛立ったような大声が聞こえた。

「須加さん、隣の大嶋ですけど！　お帰りなんでしょ！」

思わず、ちっと舌打ちを漏らしてしまう。右隣の部屋に住んでいる主婦だ。となれば用件も想像がつく。

もうしばらく無視してみたものの、ドアをがんがん叩く音は止みそうにない。ため息をつき、作業を中断して玄関へと向かう。

「ねえ、いらっしゃるんでしょ！　さっきベランダの音が聞こえたわよ！」

きんきん声で喚き続ける訪問者に、せめてもの苛立ちを伝えるべくサムターンを乱暴に解錠する。室内を覗き込まれないように、最低限の幅だけ押し開けたドアから共用廊下へ出ると、須加は大嶋夫人に向き合った。

色レンズの入った眼鏡をかけた太り肉の中年女性は、たるんだ頰を震わせながら、いっそう甲高い声でまくし立てた。

「須加さん、このあいだあんなにお願いしたわよね！　ベランダに植木を出さないでって！　なのに今日、仕切り板越しに見てみたら、なんですかあれ！　まるでジャングルじゃないの！　気持ち悪い虫が、うちのベランダに入ってくるんですよ！　そっちのベランダで湧いてるんじゃないの！　どういう常識なさってるのかしら⁉」

……仕切り板越しに覗いた、だと？

喉の奥にじわりと浸む苛立ちを抑え込み、須加は三日前と同じ反論を口にした。

「……マンションの管理規約では、ベランダに観葉植物を置くことは許可されていますが」

「ものには限度があるでしょッ‼」

キィン、と高周波を含む声で大嶋夫人が怒鳴り返す。

「あんな雑木林みたいなベランダ、外から見られたらマンション全体の恥になるんですよッ！

それで資産価値が下がったら責任取ってくださるのかしら⁉　だいたい規約には、植物を置くのは許されてても、虫を発生させていいとは書いてませんよッ‼」

苛立ちの疼きが、胸から右肩を通り、掌へと移動していく。握り締めた拳の中心で、アレが仄かな熱を帯び始める。

——燃やすぞ、ババア。

脳の深部で火花のように弾ける思考を、深呼吸でどうにか鎮める。

「……しかし、大嶋さん。外から拝見したところ、お宅もベランダに色々鉢を並べておられるようですが」

低い声で、再度の反論を試みる。実際、大嶋家のベランダにも、須加のところほどではないが大型の観葉植物が何本も置かれているのだ。

しかし、アンスリウムやアレカヤシなどの耐寒性の低い樹種を出しっ放しにしているので、葉が半分以上も枯れてしまって見栄えの悪いことこのうえない。それ以前に、植物たちがかわいそうだ。

「……ついでなので忠告させてもらいますが、アンスリウムはこの季節、外では無理ですよ。暖かくなるまで、部屋の中で……」

「外から覗いたですって⁉　いいい、いやらしい‼」

突然、大嶋夫人がキィィイっと喚いた。分厚い唇を歪め、頬をわなわなと震わせる。

「うちには年頃の娘もいるのよ！ 覗いただなんて、ああ嫌だわ！ どうしましょう！ 警察！ 警察呼ばなきゃ!!」

——ちょっと待て。

外の道からベランダを見られた時の資産価値がどうこう言っていたのはそっちではないか。その前に、あんた最初に、ベランダの仕切り板越しにうちを直接覗いたとか言わなかったか。

一瞬唖然としたのも束の間、先刻に倍する発作的な怒りが背筋を貫いた。

燃やしたい。この下等で愚劣で蒙昧な生き物を構成する元素を一つ残らず酸化し尽くして、小さな黒い染みに変えてしまいたい。

いや、そこまでしなくても、周囲の空気を軽く《握り》、酸欠状態にするだけで女は容易く昏倒するだろう。醜悪に広げられた鼻と口から、ゴウゴウと掃除機のように呼吸し続けているのだから。

しかしいまはまだ、自宅、職場、それを結ぶ通勤ルートという生活圏内で力を使うわけにはいかない。

赤のサードアイ保持者を狩る、黒のサードアイ集団が存在することを、須加は《彼ら》から警告されていた。サードアイという名称も、《彼ら》から教わったのだ。

黒の狩人どもは、赤が力を行使すると、それを遥か遠距離から嗅ぎつけて襲い掛かってくる。

まだサードアイについて何一つ知らず、力を与えられたのは自分ひとりだと信じきっていた頃、須加は一度だけだが黒どもの襲撃を受けた。その時は、敵の一人を低酸素空間に追い込むことで辛くも撃退したが、自分も半死半生の重傷を負ってしまった。

無論、借りは返す。

ことに、腹のど真ん中に大型ナイフを深々と突き立ててくれたあの女だけは、絶対に燃やす。そのための山籠り、そのための能力強化なのだから。機を窺い、策を練り、綿密な罠を仕掛けて、美しく酸化させてやるのだ。

だからいまは、矮小な怒りにとらわれている場合ではない。

肺の底まで冷たい空気を吸い込み、酸素が濁った血を浄化していくさまをイメージしながら、須加は相変わらず喚き続けている大嶋夫人に平板な声で宣言した。

「警察でもなんでも、ご自由に。ベランダの植木に関しては、次の管理組合総会で話し合いましょう。では」

中年女の金切り声を聴覚から完全にシャットアウトして、自宅に入るとドアを閉める。サムターンを回し、リビングへ戻る。

淡々とプランターの移動作業を再開しながらも、胸のうちでくすぶる怒りの種火はなかなか消えてくれなかった。

——しかし、これでいい。

怒りが力を強くする。黒の狩人どもに復讐するためには、さらに広い範囲の酸素を《握る》必要がある。人間ひとりをどうにか燃やせる程度では、まったく足りない。

空を焼き焦がすほどに巨大なソドムの火を呼び起こし、焚き火に吸い寄せられる小虫の如く、奴らを一網打尽に燃やしてやるのだ。

全てのプランターを室内に運び終え、サッシを閉めると、緑に埋まったリビングの中央で、須加は両手を大きく広げた。

昼間たっぷりと日光を浴びた植物たちから、盛んに放出される酸素を体の内外で受け止める。

「おお……お……お……」

恍惚の呻きを漏らしながら、高く掲げた右手の五指をうねうねと動かす。

深紅の目玉が、掌の真ん中で嬉しそうに脈打った。

4

食事が終わると、教授は速やかに実験エリアへと戻り、ユミコは「後片付けは私がやるから」と宣言して食器類をキッチンへ運んでいった。

ダイニングテーブルに残されたミノルは、東新宿の夜景をぼんやりと眺め続けた。一度、キッチン方面からガチャンパリーンと不穏な音が届いてきたが、慎み深く聞かなかったことにした。

数分後、湯気の立つマグカップを二つ持って、ユミコが戻ってきた。

「はい、どーぞ」

「あ……いただきます」

差し出されたカップを、会釈して受け取る。中身は一見コーヒーのようだが、思わず匂いを確かめてしまうミノルを、正面に座ったユミコがじろりと睨む。

「失礼ね。私だってコーヒーくらい淹れられるわよ。当然インスタントだけど」

言いながら、スカートのポケットから掴み出したポーション容器をテーブル上にばらばらと落下させる。

「これ、適当に使って」

「はい……」

　ガムシロップをつまみ上げ、ホットコーヒーにこれを入れていいものだったろうか、と首を捻りかけたが、ユミコが何の躊躇もなく自分のカップに中身を投下しているのでそれに倣う。甘くなることに変わりはないだろう。

　同時に一口啜り、一息ついたところで、ユミコがぽつりと言った。

「……さっきは悪かったわね」

「え、何がですか？」

「きみに、勝手なコードネームつけちゃったこと。もし違うのにしたければ、いまからでも教授に言って他の名前に……」

　珍しくしおらしいことを言うユミコに、ミノルは軽くかぶりを振ってみせた。

「いえ、いいんです。気に入ったっていうのは本当ですよ。孤独者……アイソレータ、なんだか凄くしっくりきました」

　ユミコはそのネーミングを、ミノルが追い求める《誰も自分を知らない世界》から想起したようだが、防御殻を展開中のミノルはまさしく完全な孤独のなかに置かれるのだ。世界と隔てられ、届くものは可視光線のみ。隔離という言葉があれほど相応しい状況もなかなかあるまい。

「それに、響きもちょっとカッコイイですし。僕はぜんぜん構わないです」

フォローのつもりで口にした言葉だったが、ユミコはなぜか不満そうに唇を尖らせた。

「……あ、そ。まあ、きみがいいなら別にいいけど」

がぶりとコーヒーを飲み、アッツ！　と毒づく。

——いったい、どうしたいんだろう。

昔から、ミノルにとってあらゆる女の子は大いに謎めいた存在だが、それにしてもユミコの気分の行く先はさっぱり推測できない。まるで暗闇を突進するジェットコースターのようだ。

さすがは《加速者》と呼ばれるだけのことはある。

などと考えていると、ユミコが不意に言った。

「あのさ、空木くん。たとえばさ」

「は……はい？」

「きみのことを、好きで好きでたまらない女の子がいるとするじゃない」

「はい⁉」

仰け反ったミノルに、ユミコは真顔でひょひょっと手を振った。

「私じゃないよ。あくまでたとえばよ。ともかく、そういう恋する少女がいるとして。きみは、その子からも、自分に関する記憶を全部消してほしいと思うの？」

「思います」

即答すると、今度はユミコが五センチばかり上体を反らせた。

「……なんで？　嬉しくないの？」

「嬉しいとか嬉しくないじゃなくて……永続する感情なんて、有り得ませんから」

眼を伏せ、ミノルは言った。

「いつか何かをきっかけにして、その女の子は僕のことが嫌いになるでしょう。もしかしたら殺したいほど憎むようになるかもしれない。その可能性は常に存在します。なら、最初から無関係でいるほうがいい」

しばらく沈黙が続いた。ミノルは顔を上げず、頑なにテーブルの一点を凝視し続けた。

本当は、この手の会話さえもしたくはない。独りになった時、やり取りを詳細に再生しては、己の発言を片端から後悔するに決まっているからだ。

やがて、ユミコが尖り気味な声で呟いた。

「ふーん、なるほどね。つまりは、人に嫌われたくないってことなんだ。誰からも好きでいてほしいんだ？」

「……そうは言ってません。ただ、無関心でいてほしい、それだけです」

俯いたまま頭を横に振ったが、ユミコの追及は止まらない。

「嫌われるのなんて、気にしなければそれまでじゃない。どんな人間も、絶対誰かに嫌われてるよ。もちろん私だって」

ミノルはゆっくり視線を持ち上げると、正面に座るユミコの顔を見やった。

まっすぐに流れる艶やかな黒髪。化粧をしている様子はないのに、木蓮の花弁のように白い肌。強い光を湛える、くっきりと涼しげな目許。

十人が十人とも綺麗だと評するであろう容姿から再び視線を外し、呟く。

「嫌われる、って言葉の意味を、ユミコさんはほんとうに知っているんですか？　それを確信できるんですか？」

その問いに対するユミコの答えは、ミノルの耳に届くことはなかった。

薄桃色の唇が動く前に、北側の壁にあるエレベータの扉がガタゴト言いながら開いたからだ。

そこから勢いよく飛び込んできたのは、見覚えのあるキャップを被った小柄な青年だった。

ジェットアイの一人、《探索者》のコードネームと《ＤＤ》というニックネームを持つ彼は、広大な部屋の端から端まで届きそうな声で喚いた。

「み、みんな！　あいつだ……あいつが帰ってきた！　池袋の殺人事件は、《イグナイター》の仕業だ!!」

がん!!

という硬い音を響かせて、ユミコが右手のマグカップを勢いよくテーブルに戻した。

再び、全員が一箇所に集まった。

西端の研究室エリアに隣接する、八十インチはありそうな大型モニタの前に折りたたみ椅子が並べられた、会議用らしいスペースだ。

並んで座るユミコ、ＤＤ、ミノルの前に進み出た教授がスティック型のポインターでモニタ画面を軽く叩いた。８Ｋ解像度のモニタが点灯し、一枚の写真が映し出される。

上に【識別済赤色サードアイ保持者第19号：イグナイター】とキャプションの入った写真はかなりブレていて、立っている人物を斜め後方から捉えたものらしいが、痩せたスーツ姿の男ということくらいしか判別できない。

くるりと振り向いた教授が、幼い顔に厳しさを滲ませながら口を開いた。

「……残念ながら、発火者……イグナイターは生きていた、ということになるな」

「予想はしてたわ」

低い声でユミコが応える。

「ルビーアイが、腹をナイフで刺されたくらいで死ぬわけないもの。次は心臓を外さないわ、絶対に」

剣呑な台詞にちらりと視線を向けると、ユミコの横顔はこれまで見たことがないほど硬く張り詰めている。彼女だけではなく、その手前に座るＤＤの顔にも同様の緊張が見て取れる。

ミノルにとっては《咀嚼者》以来二人目となるルビーアイ、《発火者》。コードネームからすると火に関連する能力を持っているようだが、そんなに危険な相手なのだろうか。

と、ミノルの内心を見透かしたかのように、教授が言った。

「まずは、ミッくんのために情報の確認から始めようか」

再び振り向き、ポインターでモニタを操作する。

「……ミッくん、ときたか」

ぼそっと呟いたのは左隣に座るＤＤだった。眼が合ったミノルに、ほんのり悲哀の漂う笑みを浮かべてみせる。

「でもまあ、俺のＤＤよりはマトモなニックネームだよな。オリビーの奴なんか、《Ｄ＆Ｄ》とか呼ぶんだぜ」

つい口許を緩めながら、ミノルは小声で訊ねる。

「ＤＤさんのニックネームも教授がつけたんですよね？　どんな由来なんです？」

すると、ＤＤよりも早く、その向こうに座るユミコが答えた。

「本名よ、本名。ダイモン・デンジロウの頭文字」

漢字だと大門伝二郎……だろうか。あっさりと由来を暴露したユミコは、ＤＤのしかめっ面を気にするふうもなく訊ねた。

「……っていうか、オリビーの奴はどうしたのよ？」

「念のため、池袋の現場を張ってる」

「イグナイターが現場に戻ってくる可能性があるの？」

「まあ、放火魔みたいなモンだと言って言えないことは……」

「そこ、私語しない」

振り向いた教授が、先生っぽい口調で叱った。三人は同時にぴんと姿勢を正す。

画面には、新たな写真が数枚追加されている。監視カメラの映像から切り出したものなのかやはり画質が粗く、夜の路上で何かが燃えているらしいことしか判らない。

「イグナイターのコードネームが示すとおり、このルビーアイは炎を操る。ミッくんは今年の十月頃、『煙草が急に燃え上がって顔面に大火傷』とかそんなニュースが何度か報道されたのを覚えていないかな？」

教授に問われ、ミノルは曖昧に頷いた。

「……新聞でそういう記事を読んだような気もします」

「それらは全て、イグナイターの仕業だ。当初我々は、この男の能力を、対象物を加熱することだと推測した。物質を構成する原子の振動を増幅させ、熱を生み出しているのだろうとな。ゆえにこのようなコードネームを与えたのだが……しかし、その推測は誤りだった。こいつは、正しくは《発火者》ではなく、《燃焼促進者》なんだよ」

「燃焼……促進？　いったい、何を操作するんです……？」

ミノルの問いに、教授は沈痛な表情で答えた。

「酸素だ。イグナイターは、大気中の酸素分子を操り、一点に集中する力を持っているのだ。そこを読み誤ったばかりに、我々は、大きすぎる代償を支払うこととなった」

「代償……」

「その話は、後ほど……《彼女》と直接対面した時にしよう。ＤＤ、今日の現場の写真を見せてくれるか」

《探索者》は頷き、タクティカルベストの胸ポケットから引っ張り出したスマートフォンを操作した。送信されたデータを、教授が大型モニタに表示させる。

最初の写真を一目見た途端、ミノルは息を詰めた。

ＤＤが高倍率の望遠レンズで撮ったのだろう、これまでと違って非常に鮮明だ。高い所からレンガ敷きの歩道を見下ろした構図。一部のレンガだけが日焼けしたかのように白っぽくなり、その真ん中に、真っ黒な染みが残されている。

その染みは、明らかに人の形をしていた。何があったのかは、如実に推測できた。

ここで、人間が燃えたのだ。

「力が強くなってるわね」

ユミコの声に、立ったままのＤＤが「うん」と頷き、解説を始めた。

「今日の午後三時半頃、池袋駅西口からほど近い繁華街の路上で、二十五歳の男性会社員が突然炎に包まれて焼死するという事件が起きました。同時刻、俺はルビーアイが能力を発動した匂いを感じてオリビーと一緒に急行したけど、到着したのは全部終わった後でした」

「………！」

三時半という言葉に、ミノルは体を強張らせた。その頃は、ユミコと一緒にタクシーで高速道路を移動していたはずだ。しかも池袋駅と言えば、移動経路からそう遠くない。タクシーの窓から見えたかもしれない場所で、ルビーアイが人を殺していた……というのか。

ミノルの受けた衝撃を察したのか、教授が口を開いた。

「ミッくん、気付けなかったのは仕方ないんだ。特別製の鼻を持つＤＤ以外のジェットアイは、ルビーアイが力を使う時の匂いを、相手のタイプにもよるがせいぜい百メートル程度の距離からしか感知できないんだからな」

「…………はい……」

ミノルが頷くと、隣のＤＤが説明を再開する。

「池袋署が地取りした目撃者の証言によれば、火元は以前と同じく煙草かライターッスけど、被害者の体が完全に炭化するまで炎は消えなかったみたいです。更に、二十メートルも離れたところにいた人が、現場に向かって吹き込む風の流れを感じている。酸欠で倒れて病院に搬送された人は、九人もいたらしいッスよ」

「そう、そこだ。それこそが、イグナイターというルビーアイの最も危険な力だ」

教授が厳しい口調でそう言いながら、ポインターの先端でモニタに手書きした。

人型の黒い染みを映した写真の上に、【燃焼促進＝酸素欠乏】という文字が、さすがに少しばかり子供っぽい筆跡で並ぶ。

「空気中の酸素を自在に操る能力により、イグナイターは事実上二種類の攻撃方法を体得している。一つは、火元に酸素を集中させることで燃焼を爆発的に促進させること。そしてもう一つは、短時間ではあるが、一定範囲の空気を酸欠状態に導くこと」

くるっと振り向き、三人の生徒を順に見ながら教授は続けた。

「二種類の能力のうち、より危険なのは、実は酸欠攻撃のほうだ。なぜなら、燃焼攻撃は派手ではあるが、発動させるためには一つ大きな必要条件があるからだ。ミッくん、それが何か解るかな？」

突然問われ、ミノルは昼間の授業中に戻ってしまったような気分を味わいながら、軽く手を挙げて答えた。

「は、はい。ええと……種火が必要、ってことですか？」

「そう、そのとおり！　イグナイターの能力は酸素を一点に集中するが、着火まではできない。だから、煙草や線香、ガスコンロのような《すでに存在する火》を利用するか、あるいは自身がライター等で火をつけるしかないわけだ。サードアイ所持者たるきみらの反応速度があれば、燃焼攻撃を回避するのはそれほど困難ではないはずだ。だが……酸欠攻撃のほうは実に厄介だ。なぜなら、避けようにも眼では見えないからな」

教授は、ラジオ体操のような仕草で両手を広げ、すう、はあと深呼吸してみせた。

「戦闘中、サードアイによって賦活されているきみらの肉体は、大量の酸素を消費する。必然、呼吸は速く、深くなる。仮に無酸素空気を肺いっぱいに吸い込んでしまったら、最悪、一発で昏倒してしまう可能性すらある」

幼い顔が、不意に沈痛な色を滲ませた。

まるでそれが、《すでに起きたこと》であるかのように。

しかしすぐに表情を戻すと、教授は白衣のポケットを右手で探った。

「そこで、だ。次にイグナイターと戦闘になった時は、諸君にはこれを使用してもらう」

取り出されたのは、全長十五センチくらいの小型ボンベだった。バルブからは透明なホースが伸び、ごく小さなマウスピースに繋がっている。

「海自のフロッグマン部隊が装備している小型高圧エアボンベを改造したものだ。これ一本で最大五分間の呼吸が可能だ。衣服の下に装着し、首元までホースを伸ばせるようにしておいた。中身も念のため、酸素濃度の高いエンリッチド・エアを充塡してある」

途端、ぱちんとＤＤが手を叩く。

「なるほどそうか、空気ボンベがあれば、呼吸に関しては心配しなくていいってわけッスね。さすがは教授！　……っていうか、そんなチッサイ奴でなくて、フルサイズのスクーバ・タンクを背負っていけばいいんじゃ？　俺らにはその程度の重さ、なんてこたないッスよ」

「さてここで再び問題だ。なぜ私がこんなチッサイ奴を用意して、しかも細くて透明なホースをくっつけたのか、解る者」

しーん。

という沈黙が五秒ほど続いたので、ミノルは恐る恐るもう一度手を挙げた。

「お、どうぞ、ミッくん」

「ええと……ですね……」

首を縮めながら、小声で答える。

「イグナイターは、酸素を操るわけですよね。なら……もしもボンベの存在を意識されたら、その中に詰まってる酸素も、敵の操作対象になってしまうんじゃないか……と……」

「正解！」

DDとユミコが「おおー」と拍手する。教授もにっこり笑い、スリッパをぱたぱた鳴らして歩み寄ってくると、今度は左のポケットから何やらつまみ出した。

目の前に突き出された小さな拳の下に、ミノルが反射的に掌を広げると、ぽとんと落ちてきたのは昔懐かしいイチゴミルク味のキャンディーだった。

「いまのはナイスな洞察だ。ご褒美をやろう」

笑顔のまま言うと、モニタの前に引き返していく。振り向いた時にはもう、毅然とした教師の表情に戻っている。

「まさに然りだ。ボンベには二百五十気圧という高圧の空気が充填されている。それを敵にどうこうされてみろ、一瞬でバルブが吹っ飛ぶか、下手をすると爆発して、きみらもかすり傷では済まんぞ。だから、小型ボンベを服の中に隠し、首元から透明ホースを出して、コッソリ呼吸する必要があるのだ。もしボンベの存在が露見した時には、即座に捨てなくてはならん。そのあとは……気合で頑張ってくれ」

「問題ないわ」

低く張り詰めた声で、ユミコが応じた。

「たった一度接近できれば、必ず仕留めてみせる」

部屋の温度が少しばかり下がったように、ミノルは感じた。

特課という組織の、ルビーアイへの対処方法は、捕獲してサードアイを外科手術で取り除くことではなかったのだろうか。しかしユミコの言い様は、イグナイターという男を問答無用で殺す、と宣言しているに等しい。

ミノルの途惑いを察したか、教授がかすかな吐息まじりに答えた。

「戦術面の詳細は、オリビーが戻ったら再度話し合おう。ひとまず、イグナイターが都心に戻ってきたこと……そして能力が桁違いに強化されていることを確認して、このミーティングは終了とする。――ユッコちゃん、すまないが、ミッくんを《彼女》に会わせてあげてくれるか」

「…………」

黒髪の《加速者》は、唇を噛んだまま、しばらく俯いていた。

しかしやがて、ゆっくりと頷くと立ち上がった。

「はい。……空木くん、ついてきて」

ユミコに続いてエレベータから出たミノルは、ちらりと周囲を見回した。

ワンフロアをぶち抜いて一部屋にしていた五階の真下、特課本部の四階は、打って変わって何の変哲もない集合住宅の様相だった。右と左にコンクリートの共用廊下が伸び、玄関ドアが二つずつ並んでいる。

ひそやかにスニーカーの踵を鳴らして歩き始めたユミコを追いかけて、いちばん東のドアの前まで移動する。

扉が解錠されるのを待つ間に、視線を表札に走らせる。【404】という部屋番号の下には、折り目正しい筆跡で【安須・生駒】と手書きされている。安須はユミコの苗字だ。ということは、彼女はここに、生駒という人と一緒に住んでいるのだろうか。

ミノルの疑問を背中で跳ね返しながら、ユミコはかちゃりとノブを回した。

引き開けられたドアの向こうから、ふわりと流れ出してくる甘い匂いは、確かに女性の生活領域を思わせるものだ。たまに掃除で入る典江さんの部屋も、同系統の香りがする。

そろそろ沈黙に耐えきれなくなったミノルは、小声で訊ねた。

「ここ、きみの部屋……?」

「そうよ」

短く応じた家主は、振り向くことなく中に入っていく。やむなくミノルも、お邪魔しますと小声で呟くとドアをくぐった。

内部も、五階と違って常識的な構造のようだ。上がり框から伸びる廊下の左右には開き戸が二つ、引き戸が一つ。突き当たりには、リビングに繋がっているらしいガラス戸。間取りは２ＬＤＫといったところだろうか。

靴を脱いで廊下に上がったユミコは、ようやく振り向くとじろりとミノルを睨んだ。

「右の奥のドア開けたら、ベランダから放り出すからね。……そのスリッパ使って」

「ど、どうも」

「ついてきて」

身を翻したユミコは、正面のガラス戸まで歩くと、金属製のノブをそっと押し下げた。かちゃりと開いた扉の奥の暗闇からは、甘い香りがひときわ濃く流れ出してくる。合成香料のしつこい匂いではない。すっきりと爽やかな、本物の花の香り。そして――ごく希薄だが、人の気配も。

自然と足音を殺しつつ入ったリビングは、灯りは落とされているが、エアコンを点けっ放しにしているのか寒くはなかった。胸骨に埋まるサードアイのせいかすぐに眼が暗闇に慣れ、南の窓からの淡い街明かりだけでも充分に部屋の様子が見て取れる。

十二畳ほどのリビング・ダイニングには、ソファやテレビ、その他の大型家具は何一つ置かれていなかった。代わりに部屋の中央を占めているのは、大きめのベッド。しかも、どうやら昇降機能のある医療用のものだ。

ベッドの周囲は、無数の花で満たされていた。ユリやエリカやジャスミン、その他ミノルの知らない花たちは全てが純白の花弁を広げ、薄闇の中でもほんのりと輝いている。

ユミコに促され、ベッドの横まで移動する。

眠っているのは、同年代であろう一人の少女だった。

わずかに茶色がかった髪は、男の子のように短い。しかし少女だと確信できるのは、容貌がこのうえなく嫋やかだからだ。周囲の花々と同じくらい白い肌は、陽に当たったら融けてしまいそうな儚さを感じる。長い睫毛は伏せられたまま震えもしないが、少しだけ開いた唇からはかすかな呼吸音が響く。

少女がただ寝ているわけではないことには、数秒経ってから気付いた。

布団の下からは、透明なチューブと黒いコードが出ていて、ベッドの向こう側に設置された機械に繋がっている。花々に半ば隠されている機械のモニタ画面には、異常に低い心拍数と体温が表示されている。

この少女は、眠っているのではなく、昏睡中なのだ。

ミノルは花の香りのする空気をゆっくり吸うと、ユミコに問いかけた。

「この人が……生駒さん、ですか？」

「そう。生駒サナエ……先月まで、私とコンビを組んでた子よ。コードネームは《狙撃者》」

儚げな印象とはかけ離れた呼び名に、ミノルは二度ばかり瞬きした。ユミコは視線を少女に注いだまま、静かに説明する。

「弓使いよ。視認できる目標になら、絶対に矢を命中させられる能力……たとえ十キロ離れた場所からでもね。私とサナエは最高のフォワードとバックアップだった。特課が発足してからの一ヶ月で、七人のルビーアイを捕まえた。私のスタンバトンと、サナエの麻酔矢の両方から逃れられるルビーアイは一人もいなかった。あの男、イグナイターが現れるまでは………」

語尾を押し殺した吐息へと変え、ユミコはベッドの端に腰を下ろした。

上体を捻り、伸ばした左手で優しく少女――サナエの短い髪を梳きながら、囁き声で説明を再開する。

「……イグナイターの力は、《目標を加熱すること》だと信じ切っていた私たちは、こちらの生身を目視されなければ安全だと考えた。だから、耐熱セラミックコートを施した車で追跡し、車内からサナエの麻酔矢を撃ち込む作戦を立てた。でも、あの男の本当の能力は《酸素を一点に集中させること》だった。そんな相手と戦うのに、車という密室の中に閉じこもっているのは最悪の選択だった……」

当時のことを思い出したのか、ユミコは鋭く空気を吸い込む。

「……イグナイターに、車内の酸素を根こそぎ奪われて、運転していたDD、助手席にいた私、後部座席のサナエは無酸素空気を肺いっぱい吸い込んでしまった。私は、どうにかドアを開けて、運転席のDDと一緒に《加速》で脱出したんだけど、そこで意識が薄れ始めて……最後の力でもう一跳びして、イグナイターにナイフを突き刺した直後に失神した。気付いた時には、イグナイターは血痕だけを残して消えていた。私とDDは数分気を失っただけで済んだけど、車に取り残されたサナエは……脳に回復不可能なダメージを負ったの」

ミノルは、自分がいつしか呼吸を止めていたことに気付いた。

肺に深く空気を吸い込みながら、酸素を含まない気体を呼吸してしまう苦しさを想像するが、まるでイメージできない。

いっぽうユミコは上体を屈めると、両手で眠る少女の顔をそっと包み込んだ。

「サナエはもう、ほんとなら自発呼吸もできないはずなの。大脳から脳幹までが、不可逆的な機能停止に陥ってるんだから。なのに、見た目にはこんなふうに、ただ寝てるとしか思えない。……なんでだか解る？」

「……いえ」

「サードアイよ。サナエの右肩に寄生してるサードアイが、中枢神経を乗っ取って呼吸させてるの。四日前にきみも見たでしょ、空木くん。頭がまるごと吹っ飛んだ《バイター》が、それでも暴れ続けたのを」

「……ぼ……《暴走》……？」

ミノルの掠れ声に、ユミコは小さな頷きを返した。

「そう。サナエはいま、静かに、ひっそりと《暴走》している。本人の意識はもう存在しないのに、サードアイが死ぬことを許さない。酷い話よね……。氷見課長や伊佐教授は、もう摘出処置に踏み切るべきだって言ってるわ。体からサードアイを取り出して、正しい《終わり》を与えて、サナエを家族のもとに返してあげるべきだ、って。でも……でも、私は………」

一瞬途切れた言葉は、それまではなかった切実さを帯びて、花で埋まった空間に響いた。

「私は、忘れたくない。サナエを過去にしたくない。サナエとの思い出を、毎日増やしていきたい。たとえこうやって、目覚めないサナエに話しかけるだけでも」

その言葉が、自分の願いとはまったく対極的なものであることに、ミノルは気付いた。

だから、なのだろうか？　だからユミコは、誰からも忘れ去られたいというミノルの願いに、事あるごとに反発するのだろうか？

しかし、推測を言葉にすることはもちろん、それ以外の何を言うこともできなかった。

圧倒されてしまったのだ。ルビーアイとジェットアイの戦いがもたらす、冷酷すぎる現実に。

こんな小さくて優しそうな女の子が、たった一度の戦闘で命を落とし得るのだという、その事実に――。

「……なんで」

口から零れたのは、今更に過ぎる問いかけだった。

「なんで、ユミコさんやサナエさんは、サードアイを摘出してもらって全部忘れるほうを選ばなかったんですか？」

「こうなると解っていれば、そっちを選択したかもね」

ユミコの答えは穏やかだったが、伏せられたままの双眸は、薄闇の中で冷たい炎を宿しているように見えた。

「でも、私はもう逃げない。サナエのためにも、逃げることはできない。イグナイターを……ルビーアイを、一人残らず処理するまでは」

処理。

それはつまり、サードアイを摘出するか、あるいは寄主ごと殺す、という意味だ。

ユミコの覚悟は立派だ。しかし同時に、何かが間違っている。ミノルはそう思わずにはいられなかった。

確かに、赤いサードアイを持つ者たちは危険な存在だ。見た目は普通の人間と何ら変わらず、しかしその精神は人への殺意に満たされ、特異な能力までも与えられている。彼らの居場所を感知できるのは同じサードアイ寄主だけなのだから、この《特課》のような対抗組織が必要とされるのは理解できなくもない。

しかし、ジェットアイとなる前は普通の女の子だったはずのユミコやサナエが直接戦わずとも、他にやりようは幾らでもあるのではないか。

たとえば、ルビーアイの発見と追尾だけユミコらが協力し、実際の対処は警察なり自衛隊が行えばいいのだ。ルビーアイとて不死身の超人ではない。麻酔弾が効くのなら尚更だ。ユミコたちが、自らの命を危険に晒して戦う必要がどこにあるのか。

しかし、その疑問を口に出すことはできなかった。

二度と醒めない眠りにつくサナエの姿は、すでに事態が後戻りできないところにまで到達してしまっていることを、否応なく伝えてくる。

重苦しい沈黙を破ったのは、静けさを取り戻したユミコの声だった。

「……怪我を治して戻ってきたイグナイターとの戦闘には、きみにも参加してもらうことになるわ。たぶん、きみが直接戦うことにはならないと思う。でも、心の準備だけはしておいて。これからは、バイターの時みたいに、事件に巻き込まれてわけも解らずに戦うんじゃない……ルビーアイを積極的に捜索して、無力化して、処理する《狩り》に、きみも参加するんだってことを」

言い含めるようにそう告げたユミコは、ベッドから立ち上がると玄関方向を示した。

「……隣の403に、きみが泊まれる準備をしてあるわ。寝具くらいしかないけど」

歩き出したユミコの後を追いかけながら、ミノルはこの部屋に入る前に感じた疑問をようやく口にした。

「あの、ユミコさんは、ここで暮らしてるんですか？」

「そうよ。ここから学校にも行ってるわ。気が向いた時は、だけど」

「……ご両親とかには、どんな説明を？」

「学校の寮に入ってることになってる。親がそれを信じたのは、氷見課長の肩書きと、人徳と、能力のおかげだけどね」

——つまり、家族の記憶を操作したというわけだ。

そこまでしなければならないのか、という驚きと、そこまでするほどの事態なんだ、という重圧を感じながら、ミノルは白い花で埋まるリビングルームから出ようとした。

廊下との境にある見切を踏んだ時、ふと誰かに呼ばれたような気がして振り向いたが、もちろんベッドに眠る少女のシルエットには何の変化もなかった。

5

携帯電話が鳴ったのは、須加綾斗が寝床に入ろうとした直前だった。

仕事で使っているほうではない。二ヶ月前に新規契約した端末だ。番号を交換した相手は、たった一人。

《彼ら》の構成員。

須加は、携帯電話に手を伸ばしながら深々と呼吸して、たっぷりと脳に酸素を送り込んだ。《彼ら》との接触には、たとえ電話越しでも重々注意しなくてはならない。思考が明晰化したところで、通話ボタンを押す。

『こんばんは、ミスター・イグナイター』

聞こえてきたのは、シルクのように滑らかな響きを持つ女の声だった。これまでと同様に、年齢はまったく推測できない。

「……その名前で呼ぶのはやめてほしい、と言ったはずだ」

《イグナイター》などという見当違いな呼び名をつけたのは、敵——黒の狩人どもだ。須加は開口一番抗議したが、女の声は含み笑いとともに言い返してきた。

『あら、名前なんて所詮記号だわ。なら、幾つもあっても無駄でしょう？　私だって、上の連中に押し付けられたあだ名を甘受してるのよ」

「……それはあんたの勝手だろう、ミズ・リキダイザー。……何の用なんだ、こんな時間に」

『ただのご機嫌伺いよ。お帰りなさい、ミスター・イグナイター。山奥で修行してきた甲斐はあったようじゃない？　今日のショウ、見事なものだったわ』

「………ふん」

——見ていたようなことを言う。

と口をついて出そうになった言葉を、須加は呑み込んだ。この女なら、しれっと『見ていたわよ』くらいのことは言いかねない。

須加の素っ気ない応対に怒るでもなく、携帯電話からは滑らかな声が流れ出してくる。

『貴方の能力はまったく素晴らしいわ。あれほどのポテンシャルがあれば、《組織》の一員になる資格は充分よ、ミスター。……どう？　まだ、その気にならないの？』

「ならないね」

苛立ちを抑えながら答える。

「あんたらは、確かに私の同類かもしれん。だが《同志》ではない、決して。なぜならあんたらは、力と義務を与えられながら、それを遂行しようとしないからだ。どこかの穴蔵に寄り集まって、身を守ることだけを考えている」

『あら、それじゃあ、私たちルビーアイはただ闇雲に人間を殺しまくって、その結果ジェット

どもに狩られて死ぬべきだと、そう言うの？　あのハンサムで愚かでかわいそうな美食家……《バイター》のように？』

「…………彼は、死んだのか」

『四日前にね』

須加は、会ったことも、喋ったこともない相手のために、しばし黙禱した。バイターは須加の、いや自分以外のルビーアイの存在さえも知らなかったはずだが、それでも同志であるには違いない。

瞼を開け、わずかに語気を強めて言い放つ。

「あんたの言い方は不愉快だ。少なくともバイターは我々の義務に殉じたはずだぞ。それに、彼が死んだのは、接触の必要なしと判断したあんたらのせいでもあるんじゃないのか」

『要らないのよ、あんなエレガントじゃない力は』

電話の向こうの女は、くすくす、と含み笑いを漏らした。

『でも、貴方は違うわ、ミスター・イグナイター。貴方の力は美しい。私たちはいつでも貴方のために扉を開けているわよ。その気になったら、いつでも電話してきてちょうだい』

「…………ふん」

鼻を鳴らし、男は無為な通話を終えようとした。

しかしその寸前、不穏な言葉が耳に届いた。

『気をつけなさいな。黒どもはもう動き始めているわ。今度こそ貴方を捕(と)らえる……いいえ、殺すつもりよ』

そして、回線は向こうから切断された。

須加はしばらく端末(たんまつ)を睨(にら)みつけてから、充電(じゅうでん)ホルダーに戻(もど)して呟(つぶや)いた。

「……奴(やつ)らを狩るのは私のほうだよ、ミズ・リキダイザー」

6

見知らぬ部屋の真新しいベッドで寝苦しい一夜を過ごしたミノルは、埼玉の自宅に戻るため、午前六時に《特課》の本部を辞去した。

痛いほどの冷え込みの中、団地を囲む雑木林の出口までミノルを見送りに出てくれたのは、昨夜はほとんど喋る機会のなかったDDだった。

「悪いね、俺だけで。他の連中はみんな宵っ張りだからさ、朝はぜんぜん起きてこないんだよ」

「いえ……」

ミノルは、五階の大部屋で深夜まで繰り広げられたアルコール抜きの歓迎会を思い出して、軽く微笑んだ。少し迷ってから、ずっと気になっていたことをDDにも質問する。

「……特課の皆さんは、あの団地で暮らしてるんですか？」

「うん、そうだよ。三階、四階の八部屋は、俺らの私室になってるんだ」

「八部屋……」

繰り返しながら、脳内でメンバーの名前を再確認する。

四階の404に、ユミコとサナエ。隣の403は、今後もミノルが使っていいらしい。

あとは、教授、DD、結局昨夜は本部に戻ってこなかった《オリビー》、そして謎の《リンデンベルガーさん》。氷見課長はあそこで暮らしているわけではないようなので、部屋はまだ二つ残っている。

その思考を読んだのか、ＤＤはこくりと頷いた。

「うん、まだ紹介されてないメンバーもいるはずだ。……っていうか、今後も会えるかどうか……」

「え……？　それは、どういう」

「そういう能力なんだよ。俺も、この二ヶ月、顔を見たことないからね。ま、運が良ければ、いつか会えるんじゃないかな」

「は、はあ……」

これまた謎めいた説明だったが、時間がないので棚上げし、一番訊きたかったことを訊ねる。

「それで……その、皆さんは、ご家族には何て説明してるんですか？」

「あー、そのことか」

ＤＤこと大門伝二郎は、トレードマークのキャップの鍔をくいくい引っ張った。

「ケースバイケースではあるけど……基本的には、課長にごく軽い《記憶操作》を施してもらってる」

「…………！」

全員がそうなのか、と驚くミノルに、ＤＤは素早く手を振った。

「と言っても、存在をまるごと忘れさせたわけじゃないよ。ユミコちゃんやオリビーは寮に入ってることになってるし、俺は料理修業でフランスに行ってることになってる。みんな、全てが片付くまで家には戻らない。……ほんとは、まだここまでは言わない予定だったんだけど……空木くん、俺は、きみも同じようにしたほうがいいと思う」

DDの言葉の理由を、ミノルは即座に悟った。

危険だからだ。

ルビーアイに身元が露見すれば、無防備な家族が攻撃される可能性は決して低くない。実際、ミノルの義姉である典江はバイターに襲われ、拉致されてしまった。結果として無傷だったとはいえ、あの一件で大怪我をしたり、考えるのも恐ろしいが、最悪殺されてしまう展開も有り得た。

そう考えれば、DDの提案を受け入れたほうが安心なのは確かだ。

しかし。

それはまた同時に、ミノルが求める《繰り返される日常》の喪失をも意味する。家と学校、図書館を往復するだけのルーティーンな生活は消え、膨大な新しい記憶の流入に晒されることになる。

耐えられる自信は、ミノルにはなかった。

あらゆる記憶は、頭の深いところに流れ込み、《あの事件》に繋がろうとする。一度スイッチが入れば、抗いようもなく追体験させられるのだ。優しかった両親と最愛の姉ワカバの命を奪った、あの恐ろしい記憶を。

すでにいまこの瞬間、ミノルは息苦しさを感じている。

両手が冷たく痺れ、平衡感覚が怪しくなる。視界がぐらりと傾き、埃っぽい匂いが鼻をつく。

暗くて狭い、床下収納庫の中。

どすん。どすん。どすん。

近づいてくる、粗暴な足音。

どくん。どくん。どくん。

早鐘のような、心臓の音。それとも、脈打っているのは、寄生した人間の心の傷を喰らうという黒い目玉か——。

「……ぎくん。空木くん」

不意に右肩を揺さぶられ、ミノルははっと顔を上げた。

すぐ目の前には、不審そうに眉を寄せるＤＤの顔がある。

「大丈夫かい？」

「あ……は、はい、何でもありません」

慌てて首を振り、一歩後ろに下がる。教授にもらった小型ボンベが入っているメッセンジャーバッグを背負い直し、ミノルは早口に言った。

「それじゃ、そろそろ行きます。電話でもメールでも連絡もらえれば、すぐに駆けつけますんで……。引越しの話は、考えておきます」

「うん、そうしてくれ。いいかい、くれぐれも《ルビーアイ》の匂いには気をつけてくれよ。さすがの俺も、ここからさいたま市までは嗅げないからさ」

心から案じてくれているらしいDDに、ミノルは深く一礼した。

「はい、気をつけます。皆さんに、よろしくお伝えください。……それじゃ、また」

軽く手を振るDDに同じ仕草を返し、マフラーを口許まで引っ張り上げると、雑木林を貫く小道を歩き始める。

錆びた門をくぐって表の二車線道路に出た時、ちょうど通りかかったジャージ姿の中学生が、怪訝そうな顔でミノルを見た。氷見課長の《結界》によって、外部の人間は特課本部に通じる道を認識できないという話が本当なら、中学生にはミノルがいきなり雑木林から出てきたように思えたのだろう。

スマホの地図を頼りに東京メトロ西早稲田駅まで歩き、副都心線で池袋まで出ると埼京線の快速電車に乗りかえる。土曜の早朝だけあって空いている車内でうとうとしているうちに、自宅最寄りの与野本町駅に到着する。

駅から自宅までの約二キロメートルは、コートとマフラーを脱いで軽めのジョギング。毎朝走っている距離に比べればわずか五分の一だが、今日はこれでいいことにして、自宅前で軽くクールダウンする。

脚をストレッチしながら腕時計を見ると、特課本部を出てからはちょうど一時間くらいだ。

池袋駅でしばらく快速を待ったことを考えれば意外に早いが、『ルビーアイが出た！』と急に招集されても即座に駆けつけるのは難しい。

本気で特課のメンバーとして戦うつもりなら、やはり引越しを考えるべきなんだろうけど、でもなあ……などと煮え切らない思考を巡らせながらストレッチを終え、バッグとコートを拾い上げる。

義姉の典江はまだ寝ているはずなので、音を立てないように門扉を開けると玄関前へ。

新品に交換されたばかりの玄関ドアを解錠する前に、鼻から冷たい空気を吸い込み、匂いに意識を集中する。

ルビーアイの存在を示す、暴力的な獣臭は感じない。しかし、それは決して安全を保証するものではない。匂いは、奴らが能力を発動させている間しか感じ取れないからだ。

ミノルがこの家で暮らすかぎり、危険はゼロにはならない。

それは解っているのだけれど――。

ため息を呑み込みながら、ミノルはそっと鍵を回し、家に入った。

途端、廊下をぱたぱたとスリッパの音が急接近してきた――と思った次の瞬間には、全身をぎゅううっと拘束されてしまう。

「おかえり、みーくん！」

「うわ、ちょっ、の、典江さん」

慌てて抱擁から抜け出そうとするが、義姉は腕を解こうとしない。

「た……ただいま……っていうか、どうしたんですか」

「だってさー」

三十一歳にして県庁の副主査というばりばりのキャリアウーマンであるはずの典江は、しょんぼり、としか形容できない表情を浮かべて言った。

「この家、一人だと、なんか広すぎるんだもん」

「だもんって……。——だから、僕の進学なんか待ってないで、早いとこダンナさん見つけてくださいっていつも言ってるじゃないですか」

「またそんな事ゆうー」

ようやく腕から脱出したミノルに向けて、今度はぷくっと頬を膨らませた典江は、いきなりとんでもないことを口にした。

「いっそここまできたら、あと二年待って、みーくんと結婚しよっかなー」

がつっ！

と上がり框に右足の小指をぶつけ、ミノルは悶絶しつつもぶんぶんかぶりを振った。

「な……何言ってるんですか！　二年って、僕まだ高校生だし……だいたい、いくら五親等の

いとこ違いでも、養子縁組で同じ戸籍に入ってる相手とは結婚できないんです、法律で！」

「えっ……そうなの？」

「そうなんです！」

本当は、養子と養親の実子に関してはその限りではないらしいのだが、そこまで教えるつもりはない。典江が、なら戸籍から抜ければ、などと言い出さないうちに、肩を押してリビングの方向へ向き直らせる。

「……それより、なんだか台所から不穏な匂いがするんですけど」

「えっ……あっ、やだ！　お魚!!」

ダンナさんはよく気が回る人がいいですよ、絶対。

と、口には出さずに考えながら、ミノルは義姉の後を追った。

7

ごぼっ。

ごぼ、ごぼ。

耳障りな音の源は、自分の喉と肺だ。

貴重な空気が、酸素が押し出され、代わりに水が入り込んでくる音。食道から胃に入る時は生命活動に必須な、それこそ《命の水》であるくせに、気管から肺に入った途端に致死の毒液となる気まぐれ者。

ああ、それにしても、何て苦しいんだ。

こんなことなら、違う方法にしておけばよかった。練炭でも、硫化水素でも、やり方は色々あったのに。

しかし、確実を期すためには、やはりこれしかなかった。

ドアロックされたまま深い水底へと沈んでいく乗用車は、まさしく死の密室だ。誰も逃れることはできない。現に、二人の同乗者たちは、数秒前から動きを完全に止めている。

あとは、自分も彼らの後を追うだけだ。それで全てが終わる。解放される。

――なのに。

なぜ左手が、躍起になってシートベルトを外そうとしているのか？

なぜ右手が、愛用のモンブランで窓を割ろうとしているのか？

なぜ、自由になった体が、割れた窓から車外へと抜け出していくのか……？

私は死ぬのだ。もうそれしかないと決意して、床までアクセルを踏み込んだはずだ。助手席の懇願にも後部座席の悲鳴にも耳を貸さず、暗い海へと飛び込んだはずだ。

なのに、両腕は懸命に水を掻く。両足は必死に水を蹴る。

灰色の水面が見える。もうすぐ戻れる。

甘い空気に満たされた、生の世界へ。

空気。

酸素。

吸いたい。

しかしそこで腕と足が動かなくなり、体は再び沈み始める。

嫌だ。

生きたい。

生きたい。生きたい生きたい生きたい。卑劣な裏切り者となろうとも……あとでどれほど後悔しようとも。

最後の力を振り絞り、水を蹴りつける。

思い切り伸ばした右手が、水面を突き破る。

無数の酸素分子が、掌を優しく撫でる。

吸いたい。吸いたい。吸いたい吸いたい吸いたい吸いたい。けれど、どうしても顔が水から出ない。

不意に。

揺れる水面を通して、奇妙な赤い光が降ってくるのが見えた。

右手が、それを摑んだ。

灼熱。激痛。


「……あっあああああ‼」

叫びながら、須加綾斗は猛然と跳ね起きた。

がっ、がっ、がっと喉を鳴らして空気を貪る。両手で酸素を口許に掻き集め、まるで喰らうが如く呼吸を繰り返す。


数秒後、ようやく我に返った須加は、自分が水中ではなく布団の中にいることに気付いた。

いつもの夢だ。

額の脂汗をパジャマの袖で拭い、低く長い息を漏らす。

もう三ヶ月も経つのに、あの夢を見る頻度は変わらない。三日に一度は必ずうなされる。

見るもおぞましい悪夢だが――しかしきっと、これも必要なプロセスなのだ。

己の責務を、常に意識し続けるために。酸素の尊さを理解しない屑どもへの侮蔑と憎悪を、日々新たに刻み込むために。

そうだとも、これは必要な苦しみだ。

そして、あの二人の死も、また必要な犠牲だったのだ。

呼吸が平静に戻っているのを確認すると、須加は起き上がった。敷き布団と掛け布団を丁寧に畳み、押入れにしまう。

顔を洗い、歯を磨き、リビングの植物たちをベランダに出す作業に取り掛かる。手を動かしながら、壁に貼られた大判の地図をちらりと見やる。

週明けの月曜日には、屑を少なくとも一人、できれば二人燃やしたい。汚れきった都市に、美しいシンボルを描き出すために。

「さーんそ、さんそ……」

もう悪夢のことは忘れ、鼻歌をうたいながら、須加はきびきびと動き続けた。

8

土曜と日曜は、平穏のうちに過ぎ去った。

ルビーアイの匂いを感じることもなければ、ユミコからの呼び出しもなかった。ミノルは、日課の早朝ランニング以外では外出せず、自宅で典江の手伝いをしたり、一緒に映画を観たり、もちろん勉強もしつつ週末を過ごした。

十二月十六日の月曜日は、朝からどんよりと曇っていた。

午前中の授業が終わると、ミノルはいつものように、ひとりで学生食堂へと向かった。

渡り廊下から見上げる空は、いまにも雪が降ってきそうな重苦しい色合いだが、周りを歩く生徒たちの表情は明るい。後期中間考査が終わり、クリスマスと冬休みまで一週間を残すのみというこの時期独特のそわそわした空気が、学校全体を包んでいる。

新宿の奇妙な団地を訪れ、ルビーアイと戦うジェットアイ・チームの一員となったのは、ほんの三日前のことだ。しかしこうして日常の中に戻ると、あの場所で経験したことの全てが、急速に現実味を失っていくように思える。

――そろそろ、典江さんへのプレゼントを買っておかないと。でも、お小遣いをくれる人にそのお金でプレゼント買うのってなんだか微妙だなあ。いいかげん、アルバイトするのを許してくればいいのになあ……。

などと考え込みながら、食券販売機の列に並んだ、その時。

「おー、空木」

いきなり真後ろで名前を呼ばれ、ミノルはぴくっと体を強張らせてしまってから、ゆっくり振り向いた。

そこにいたのは、もちろん異形のルビーアイなどではなく、同じ制服を着た男子生徒だった。そうに決まっている。ここは学校——埼玉県立吉城高校の食堂なのだから。

しかしそれはそれとして、少々意外な相手でもあった。一年八組の陸上部員、尾久。

一週間前、陸上部の上級生二人と一緒にミノルを格技場裏に呼び出してシメようとした男に呼び止められて、いったいどんな顔をすればいいんだろうと考えていると、先に尾久のほうが表情を動かした。アスリートらしい精悍な顔に、少々ぎこちない苦笑いが浮かぶ。

「んな警戒すんなよ、もう何もしねーから」

「……そ、そう」

「お前、いつも学食なの?」

「まあ、だいたい。……尾久くんは?」

「オレも、だいたい。つうか、くんとか付けんなよ」

「は、はあ……」

半ば呆気に取られながら、そんな会話を交わすうちに券売機まで辿り着いたので、少々考えてから肉うどんセットのボタンを押す。以前はうどんだけで充分だったのだが、サードアイに寄生されてから基礎代謝量が増えたようで、いなり寿司二個つきのセットにしないと夕食まで持たなくなってしまった。

ＩＣカードで支払い、出てきた食券を摘み取ると、そそくさと配膳カウンターに向かおうとしたのだが、

「よくそんなんで足りるな」

という言葉が後ろから飛んできて、離脱のタイミングを見失う。

「……まあ、帰宅部だしね」

と答えるミノルの前で、券売機に千円札を投入した尾久は、迷うことなくチキン南蛮定食のボタンを押し、更にご飯大盛りボタンとコロッケ単品ボタンを押した。三枚の食券とお釣りをわしっと摑んで歩き出す陸上部員を、やむなく追いかける。

その後も奇妙な会話を続けつつ、カウンターでそれぞれの昼食が載ったトレイを受け取り、空きテーブルに向かい合って座る。

ぐわしぐわしと食べ始める尾久の前で肉うどんを一口啜ったところで、ミノルは意を決して自ら核心的領域へと踏み込んだ。

「えっと、尾久……尾久。その……箕輪さん、元気にしてる？」

するとŔ久は、校則違反ぎりぎりまで剃られた眉を寄せ、箸を持つ右手を空中で停止させた。チキンから甘酢タルタルソースが垂れて、ぼたりと皿に落ちる。

眉間に皺を寄せ、口をへの字に曲げた表情は、しかし怒りの意思表示ではないようだった。

「んー……元気っちゃ、元気だな。学校に来た日から、もう普通に練習してるしな」

と答え、大きく口を開けてチキンを頬張る。

尾久と同じクラスで陸上部員の箕輪朋美が、ルビーアイ《バイター》に襲われたのは十日前のことだ。辛くも無傷で救出することはできたが、顔を人食い鮫の如く変容させたバイターを間近で見てしまった精神的ショックは甚大で、また再度襲撃される可能性もあったので、特課と繋がりのある病院で保護されることとなった。

四日間の入院でどうにか落ち着きを取り戻した朋美は、特課の氷見課長の能力でバイターにまつわる記憶の封印処置を受けて、先週の水曜日から登校しているはずだ。尾久の言葉によれば、その日にはもう陸上部の練習に参加したらしい。

「そっか……。よかった」

ミノルは肩の力を抜くと、いなり寿司を囓った。だが、尾久の表情はなぜか曇ったままだ。付け合わせのトマトを睨みながら、低い声で言う。

「元気そう……なんだけどな。でも、なんか、怪我する前とちょっと違う気がすんだよな……」

「…………」

襲撃事件の真相をおおやけにするわけにはいかないので、朋美は《自主練習中に怪我をした》ということになっている。尾久も、もしかしたら朋美本人も、それを信じているはずだ。

本気で朋美のことを心配しているらしい尾久に、隠し事をしなければならない自分に忸怩たるものを感じながら、ミノルは訊ねた。

「違うって、走るフォームがとか、そういうこと？」

「んにゃ、そーいうんじゃねーよ。タイムも別に落ちてねーみてえだし。ただ……走ってる時、たまにすごい苦しそうな顔すんだよな。や、苦しいってのとは違うかも……うまく言えねー」

最後は唸るようにそう言うと、尾久はトマトを口に放り込んだ。

嫌いなのか、しかめっ面で食べ終えると、麦茶を一口飲んでからミノルをじっと見る。短く刈った頭をがしがし掻き、至極言いづらそうに――

「……こんなこと、頼めた義理じゃねーのは解ってる。オレ、お前が箕輪と仲良くしてんのがムカついて、先輩にシメてもらおうとして……マジかっこわりーよな。あんときのことは謝る。このとおりだ」

チキン南蛮の皿に鼻が突っ込んでしまいそうなほど深く頭を下げた尾久は、周囲の生徒たちが奇異の眼を向けてくるのも気にせずにしばらくその姿勢を保ってから、ようやく顔を上げ、真剣な顔と口調で言った。

「空木。箕輪と、ちょっとハナシしてみてくんねーか」

………そう、言われても。

午後の授業のあいだ、ミノルはそのフレーズを何度となく頭の中で繰り返した。

箕輪朋美のことを本気で心配しているらしい尾久の頼みを無下にはできない――とは思う。しかしミノルは、朋美が退院してから今日まで、意識的に接触を避けてきたのだ。理由は二つ。

話をすれば、せっかく氷見課長が封印したバイターの記憶が甦ってしまうのではないかという危惧と、そしてもう一つは言い知れない後ろめたさだ。

記憶の封印処置を施される直前の朋美と、ミノルは指切りげんまんをした。約束したのは、《また荒川の土手で会ったら、もう一度友達になる》こと。

その約束は守るつもりでいる。だが同時に、それは大いなる欺瞞だという自覚もある。

なぜならミノルは氷見課長と取り引きしたからだ。特課に参加する代わりに、全てのルビーアイが消滅したその時には、朋美を含むあらゆる人間からミノルに関する記憶を消してもらう、と。

その取り引きが、実現するのかどうかは解らない。恐怖に負けて特課から逃げてしまうかもしれないし、ルビーアイとの戦いで命を落とすか、回復不可能なダメージを負うかもしれない。安須ユミコのパートナーだったという、生駒サナエのように。

しかし少なくとも、氷見課長に出した条件が、もう一度友達になるという朋美との約束を裏切るものだということは間違いない。これからミノルは、朋美に自分を忘れてもらうために、ジェットアイとして戦うのだから。

――というようなことを、ミノルはここ数日くよくよと考え続けている。結果、早朝の荒川土手で再び朋美と出会うのを半ば期待し、半ば恐れつつ、学校内ではなんとなく接触を避け続けてしまっている、というわけだ。

……………話をしてくれって、言われてもなあ……。

何十回目かのため息と同時に、六時間目の終了を告げるチャイムが鳴り響いた。

下校の準備をしてから教室を出て、階段を下りる。下駄箱で靴を履き替え、昇降口から出たところで立ち止まって、左右を見やる。駐輪場に行くなら左、グラウンドへと向かうなら右――。

しばらく迷ってから、ミノルは体を右へと向けた。

数分歩いて辿り着いたグラウンドでは早くも陸上部員たちがアップを始めていた。薄紫色のジャージ姿でストレッチをする女子部員のグループに見覚えのあるショートヘアを発見して、ミノルはフェンス越しにじっと眼を凝らした。

五十メートル近い距離があるが、サードアイが視力まで増幅しているせいか、朋美の横顔はくっきりと見分けられた。しかめっ面をしているのは、ふくらはぎとアキレス腱を思い切り伸ばしているせいだろう。真剣なその表情からは、朋美の心の内までは読み取れない。

ともかく、もう練習が始まってしまっているのだから、大声で呼びかけるわけにもいかない。

いや、始まっていなくても、部員たちの記憶に残るようなそんな真似はとても不可能だが。

左手首のランニングウォッチは、午後三時五十分を表示している。陸上部の練習は夜七時頃まで続くはずだ。このまま三時間以上もグラウンド脇で突っ立っているのは怪しすぎるので、いったん図書室にでも退避して、頃合を見計らって出直すべきだろう。

そう考えたミノルは、校舎に戻るべく体の向きを変えた。

グラウンドから離れ、隣接する体育館の角を左に曲がって、しばらく歩いた時。

後ろからリズミカルな足音が近づいてきたと思ったら、すぐ隣で減速した。まさかと思いつつ眼を向けると、その場でタッタッと足踏みをしているのは、数十秒前まで他の部員と一緒に準備運動をしていたはずの箕輪朋美だった。

「…………」

予想外の展開に硬直するミノルをちらりと見上げると、朋美は足踏みを続けたまま、小声で訊いてきた。

「……さっき、グラウンドで、見てた……よね？」

どうやら朋美もかなり視力がいいらしい。ミノルのことを《一組の空木ミノル》と認識しているのかどうかも不明だが、とりあえずこの問いは肯定するしかない。

「う……うん」

「……なんで、見てたの？」

二つ目の問いでいきなり答えに詰まったミノルは、朋美の視線を受け止めかねて眼を伏せながら、懸命に頭を回転させた。

箕輪朋美は、氷見課長の能力によって、バイターに関連する記憶を全て封印された。問題はその範囲だ。

秋ヶ瀬公園の用具小屋に監禁された朋美を、ミノルが助けたことは確実に忘れているだろう。その遠因となった、ミノルとの待ち合わせも忘れているはずだ。しかしいまの言葉からすると、二週間ほど前に早朝の荒川土手でミノルと遭遇したことは、断片的ながら憶えているのかもしれない。

これは恐らく、氷見課長の意図せざる状況なのだろう。ならば、ここでミノルが迂闊な言葉を口にすると記憶の封印が弱まって、連鎖的にバイターに襲われたことまで思い出してしまうという可能性も、もしかしたらあるのではないか。

しかしいっぽう、「前に話したことはない」と答えれば、じゃあいったいどんな話があってグラウンドまで来たんだ、ということになる。

陸上部に入ろうか迷っているから、とごまかすことを一瞬考えたが、入学して九ヶ月も経つこの時期ではいかにも不自然だし、それ以前に嘘はつきたくない。ここは、事実を告げるしかなさそうだ。

「あの……ちょっと、話があって……。でも部活が始まってたから、終わるまで待とうかなって……」

「話って、あたしに？」

「……うん」

ミノルが三つ目の問いに頷くと、朋美は足踏みを止め、体ごと向き直った。

清潔感のある髪型も、茶色がかった大きな瞳も、記憶にあるとおりだ。しかし以前に比べると、眩しいほどの活力がほんの少しだけ減少して、代わりに憂いのような、迷いのようなものが表情に影を落としている気がする。

朋美は、まっすぐにミノルの眼を覗き込みながら、囁くように四つ目の問いを口にした。

「……前にも、話したこと、あったよね……？」

「…………！」

どう反応していいか解らず、額に冷や汗を滲ませるミノルを眺めていた朋美は——不意に、なぜかくすっと笑って言った。

「場所、変えよっか。あたし、このままロード練行くから、ちょっと間あけてついてきて」

ごく低速でジョギングする朋美を、三十メートルほど後方から限界の早足で追いかけたミノルが連れていかれたのは、学校の二百メートルほど東を流れる小さな川だった。

川沿いの道に入ったところで立ち止まった朋美に、三十秒ほど遅れて追いつく。
白いネットフェンス越しに水面を見下ろしている朋美の隣に立ち、さてどうしようと考えているると、ぽつりと呟くような声が聞こえた。

「……この川の名前、知ってる？」

「え……いや……」

予想もしなかった言葉にぱちくりと瞬きすると、朋美はすぐに答えを教えてくれた。

「見沼代用水西縁、っていうんだよ」

「へ、へえ……」

見沼代用水については、小学生の時に社会科の授業で教わった。江戸時代の享保年間に、井沢弥惣兵衛という人が、八代将軍徳川吉宗の命を受けた新田開発事業の一環として開削した用水路だ。バスに乗ってずっと上流の堰を見学に行った記憶があるが、高校のこんな近くまで流れてきているとは知らなかった。

「……箕輪さん、川が好きなの？」

揺れる水面を見下ろしながら訊ねると、小さな頭がこくりと上下する。

「うん。不思議だよね……こんなにたくさんの水が、一秒も止まらずに流れ続けてるのって。この川は、ずっと南で笹目川に合流して、笹目川は荒川に合流してるんだよ」

「ふうん……」

「あたし、毎朝、荒川の土手を走ってるんだ。川の気持ちを感じながら走ってると落ち着くし、集中できるから……」

その感覚は理解できるような気がして、ミノルは頷いていた。

「なんとなく解るよ。僕も毎朝、荒川土手を走ってるから」

そう呟いてから、しまったと思う。

左頬に視線を感じ、おそるおそる隣を見やった途端、真剣な光を宿した瞳に射貫かれて眼を逸らせなくなる。

「……あのね、あたし、先週軽い怪我で何日か休んで、前の週末からまた走り始めたんだけど……なんだか、変なの」

「変……？」

「羽根倉橋から、ちょっと上流に行ったとこに車止めがあるんだけど……そこを通り過ぎる時、勝手に足が止まって、心臓がぎゅうってなる。何か、凄く怖いことがあったような……でも、嬉しいこともあったような、そんな気がして……」

「……怖い、こと……」

繰り返しながら、ミノルは懸命に考えた。

羽根倉橋近くの車止め——。そこは、十二月三日の早朝にミノルが朋美と遭遇した場所だ。

朋美はその出来事を忘れているようだが、立ち話をしている時に、猛スピードの自転車と接触しそうになった彼女をミノルがかばったのだ。

少々ひやりとする場面ではあったが、《凄く怖い》というほどのことではなかった気もする。もしかしたら朋美は、あの場所と近接している秋ヶ瀬公園で、バイターに襲われた時の恐怖と混同しているのではないだろうか。

ミノルの視線の先で、朋美が両眼を強くつぶった。何かを思い出そうとするかのように眉を寄せ、唇を噛み締める。

きっとこの表情が、昼休みに尾久が言っていた《苦しそうな顔》なのだ。

どうすればいいのだろう。氷見課長に連絡し、もう一度記憶封鎖を施してもらう？　しかしそれで状況は改善するのだろうか。朋美はこれからも荒川土手を走り続けるはずなので、問題の車止めに差し掛かるたびに同じことが起きるのではないか。

「……きみ、空木くん、だよね。中学の時、同じクラスだった」

つぶっていた眼をゆっくり開くと、朋美はミノルをじっと見詰めながらそう言った。

「……うん」

「さっき、話があるからグラウンドに来たって言ったよね。……話って、なに？」

「……それは………」

大したことじゃないんだ、ごめん、忘れて。

そう言って立ち去り、今後は二度と話しかけない。総合的に考えれば、それが最善の選択だ。

ミノルと出会った時の記憶が《封印》を不安定にしているのなら、これ以上踏み込むべきではないのだ。たとえ、尾久の頼みを無視することになっても——そして朋美との、もう一度友達になるという約束を破ることになろうとも。

頭ではそう考えつつも、ミノルの口は動こうとしない。胸の深いところから、やるせなさのようなものが込み上げてきて、喉を詰まらせる。

三ヶ月前、東京を中心とするエリアに奇妙な球体が落ちてきて、何十人かの人間に寄生した。ミノルも、そしてバイターこと高江洲晃もその一人だ。

結果、ミノルは異常極まる運命に引きずり込まれることになったが、我が身を不運だと嘆くつもりはない。なぜなら、胸に寄生する黒い球体は、ミノル自身が呼び寄せてしまったのかもしれないからだ。

だが、箕輪朋美には何の責任もない。バイターに襲われ、危うく殺されそうになって、記憶まで弄られて……学校に戻ってきてからも、こうして恐怖の残滓に苦しまねばならない理由はないのだ、絶対に。

「僕は、きみと、約束したんだ」

いつしか、ミノルはそんな言葉を口にしていた。途端、朋美の眼が大きく見開かれる。

「………約束？　どんな……？」

「もう一度きみと会ったら、友達になるって」

朋美にはその記憶はないのだから、笑われるか、気味悪がられるかしても仕方ないと覚悟しつつミノルは答えた。だが朋美は、いっそう真剣な表情になると、半歩距離を縮めた。

「………それって、中学生の頃のこと……？　……ごめん、あたし、憶えてない……」

くしゃりと顔を歪め、記憶を掘り返そうとするかのように左手の指を頭に押し当てる。眩暈を起こしたのか、小柄な体が傾き、右肩が白いフェンスにぶつかって跳ね返る。

「箕輪さん！」

ミノルは慌てて右手を伸ばすと、朋美の肩を支えた。ジャージの布地越しに、小さな体が冷え切っているのが感じられて、再び息が詰まる。

バイターという異形の怪物に襲われたショックに、記憶の操作だけで対処しようというのがそもそも間違っているのではないか。強引に蓋をするよりは、きちんと全ての事情を説明して、丁寧なカウンセリングなりを施したほうが朋美の苦しみは少なかったのでは。

いや――。氷見課長が朋美の記憶を封じたのは、本当に朋美のためだったのか。実際には、サードアイの存在を秘密にしておきたいという、特課の……もしかしたらもっと《上》の事情を優先させただけなのではないのか……？

そう考えた途端、強い憤りが湧き上がってきて、ミノルは歯を食い縛った。

しかしその感情は、すぐに驚きへと変わった。朋美が、ミノルの右手を両手で包み込むと、胸元に押し当てたのだ。

「……空木くんの手、あったかいね」

サードアイのせいだとは言えるはずもなく、

「……いっぱい着てるから……」

と、小さな嘘をつく。

それを聞いた朋美はくすっと笑うと、上目遣いにミノルを見た。

「ごめんね、あたし、空木くんと約束したこと憶えてないみたいなんだけど……それでもよかったら、友達になって」

「え……あ、も、もちろん。僕のほうこそ、突然、ごめん。忘れてて当たり前なんだ、ずっと……ずっと昔のことだから」

「そっか。……でも、不思議。なんだか、こうするの、初めてじゃない気がする。こうしてると、頭のもやもやが、消えてく気がする……」

そう言って、朋美はミノルの右手を胸元に保持したまま、瞼を閉じた。

十二月の乾いた北風が吹き寄せてきて、用水路の水面に細波を立てる。寒そうに体を縮める朋美を風から守ろうと、ミノルは無意識のうちに朋美の手を掴み、引き寄せかけた。

だがその寸前、コートの内ポケットで携帯端末が震えた。バイブ音が朋美にも聞こえたのか、はっと我に返ったような顔でミノルの手を離し、一歩下がる。

「あ……あはは、ごめんね、変なことして」

急激に頬を赤くした朋美は、その場でたったったっと足踏みをしながら、少しずつ距離を取った。

「でも、嬉しかったよ、友達になろうって言ってくれて。今度、荒川土手で待ち合わせて、一緒に走ろ！」

そう言い残すとひらりと身を翻し、用水路沿いの道路をハイペースで走り去っていく。

薄紫色のジャージを見送りながら、果たしてこれでよかったのか、とミノルは考えた。

しかしその答えは、恐らくサードアイにまつわる事件が全て解決する時まで出ないだろう。いまは、自分にできることをしていくしかないのだ。たとえ、自宅に帰ってから、己が言動を思い出して呻くはめになろうとも。

冷たい空気を思い切り深く呼吸すると、ミノルはポケットからスマートフォンを引っ張り出した。液晶画面には、数十秒前に着信したショートメールが表示されている。

差出人は、安須ユミコ。

文面は、たった一行――【十秒後にピックアップする】。

……十秒後？　って、どの時点から？

唖然と画面を見詰めていると、いきなり真後ろで、ビュオン！　という猛々しくも滑らかなエンジン音が響いた。

飛び上がるように振り返ったミノルが見たのは、漆黒のカウルをまとったスーパースポーツタイプのオートバイと、それに跨がる黒い革ツナギを着たライダーだった。これまた黒いフルフェイス型ヘルメットの後ろからは、長いストレートの髪が流れている。

　サイドスタンドを下ろしたライダーは、細い脚を跳ね上げてバイクから降り立つと、ヘルメットのシールドを上げた。その奥できらりと光る切れ長の瞳を見た途端、ミノルは叫んでしまった。

「ゆ、ユミコさん⁉」

「いいとこで邪魔しちゃって、悪かったわね」

　ヘルメット越しなのでややくぐもっているが、間違いなく安須ユミコの声だ。

「べ、別に、そんなんじゃないですけど……そ、その格好は⁉」

「バイクに乗ってきたんだから、普通でしょ」

「あ、そ、そうか……いや、そうじゃなくて……」

　混乱するミノルを無視して、大型のバックパックを背中から下ろしたユミコは、何やら白くて丸いものを取り出した。

　ずいっと突き出してくるので反射的に受け取ると、それはユミコが被っているのと色違いのヘルメットだった。

「…………あの？」

「早く被って」

「いや、でも……」

こんなもの被ったことないし、と思いながら純白のヘルメットをひっくり返したり戻したりしていると、ユミコの両手が伸びてきて左右のあご紐を握り、ミノルの頭にがぽっと被せた。そのまま力任せに押し込まれてしまい、眼を白黒させるミノルの耳に、やけに明瞭なユミコの声が届く。

『なかなか似合うじゃない』

音の感じからして、ヘルメットの内部にスピーカーが仕込んであるらしい。ということは、口のあたりにはマイクがあるのだろう。

「えと……ちょっとだけ、きついんですが……」

『サナエが使ってたやつだから。あとで内張り換えてサイズ調整するから、今日はそれで我慢して』

そう言うとユミコはバイクの横に戻り、リアキャリアに装着されているトップケースに空のバックパックを仕舞った。

『きみのカバンも』

差し出される右手に、通学用のメッセンジャーバッグを預ける。それもケースに詰め込むと蓋を閉め、ユミコはシートにしなやかな動作で跨がった。

『後ろに乗って』

ヘルメットを被らされた時から、ある程度予測していた指示ではあるが、それでもミノルはじりっと後ずさってしまう。

「い……いやでも、僕オートバイなんか乗ったことないし」

『運転しろとは言ってないでしょ、摑まってればいいのよ』

「…………はい」

こうなればもう逃亡は不可能、と観念したミノルは、チェスターコートのボタンをしっかり留めると、恐る恐るタンデムシートに跨がった。しかし、摑まる場所がないので実に心許ない。

上体をふらふらさせていると、厳しさを増した声が響く。

『両足はタンデムステップに。両膝で、私の腰をしっかりホールドして』

「……こ、腰？」

言われるがまま、恐る恐るユミコの細い腰を膝でぎゅっと挟み込む。

『そう。で、両手は、私の第八肋骨のあたりをホールド』

「……だ、第八？」

と言われてもまさか上から指で触って数えるわけにもいかないので、だいたいの見当で腕を回す。

「こ、このへんですか？」

『そのへん。そこから上にも下にも絶対に動かさないこと！』

「は、はい」

『じゃあ、出すわよ』

言うやいなや、ユミコはサイドスタンドを払ってギアを入れた。エンジンが軽やかに唸り、決して小さくない車体が、川沿いの細い道を器用にＵターンする。

初心者のミノルに気遣ってか、ごく低速でしばらく走ったバイクは、高速道路下の大通りにぶつかる交差点で停止した。すると、ちょうど横断歩道を渡っていた、学校帰りの男子小学生数人が歓声を上げながら駆け寄ってきた。

「うおー、かっこいいー！」

「おねーちゃん、これ何てやつ⁉」

すげなく追い払うかと思いきや、ユミコは意外にも真面目に答える。

「アグスタＦ３―８００よ」

「何馬力でるの⁉」

「百四十八馬力よ」

「最高速度は⁉」

「マッハ〇・七よ」

途端、小学生たちが「うっそだぁー！」と声を合わせた。ちょうど信号が青になり、ユミコは子供たちに手を振ると、ゆっくりバイクを発進させる。

右折して、高架下の車線を直進し始めたところで、ミノルはほんの少し肩の力を抜きながら言った。

「……ユミコさんも、冗談とか言うんですね」

『何が？』

「な、何がって……さっき、子供たちに……」

『私は真面目に答えたわよ。——そんなことより、もっと早く訊くべきことがあるんじゃないの？』

「え……あ、そ、そうか」

やっと気持ちが状況に追いついてきたせいか、頭の隅に置き去りにされていた疑問が浮かび上がってくる。

「あの……どうして、僕を迎えに？」

ユミコの答えは、シンプルかつシリアスなものだった。

『イグナイターが動いたわ』

「えっ……！」

『いま、DDとオリビーが車で追跡してる。私たちは、予想されるイグナイターの進行方向に先回りする予定』

ユミコの体に回した両手がじわりと汗ばむのを意識しながら、ミノルは掠れた声で聞き返した。

「それはつまり、戦闘になる……ってことですか？」

『そう』

即座の肯定。その声には、有無を言わさぬ響きがあった。脳裏に、特課本部の一室で醒めない眠りにつく生駒サナエの姿がフラッシュバックする。

「……解りました」

たったひと言を喉から押し出すのに、多大な努力が必要だった。

赤色サードアイ保持者、すなわちルビーアイと戦うのが初めてというわけではもちろんない。箕輪朋美を襲い、義姉の典江を拉致したバイターとは、二度にわたって激闘を繰り広げたのだ。しかし、それはあくまで《否応なく巻き込まれた戦い》だった。

特課のメンバーとして――黒色サードアイ保持者、すなわちジェットアイとして、積極的にルビーアイを攻撃し、無力化する。これからミノルがしようとしているのは、そういうことだ。素顔も、本名も知らない相手と、本物の殺し合いをするのだ――。

その時、ミノルの気後れを振り落とそうとするかのように、大型バイクが左のウインカーを点滅させた。新都心インターチェンジの入り口を駆け下り、地下のＥＴＣゲートを通過すると、トンネルの中を一気に時速八十キロまで加速する。

――いちおう厚労省管轄の組織に所属しているだけあって、ユミコさんもきっちり法定速度は守るんだなあ。

　生まれて初めて乗る大型スーパースポーツのスピード感に心臓をばくばく言わせながらも、ミノルはそんなことを考えた。しかし直後、すぐ後ろのトップケースから、ヒュアアアア——という甲高いサイレンの音が鳴り響く。ぎょっと振り向くと、ケースの両側面から飛び出した突起が、赤い閃光を点滅させている。

「な……なんですかコレ⁉」

『サイレンと赤色警光灯』

「か、勝手につけたんですか⁉」

『まさか。道路交通法施行令第十三条に基づいて公安委員会の許可を受けた本物よ』

「こんなの鳴らして、どうしようっていうんですか⁉」

『決まってるでしょ、危ないからしっかり摑まってて』

　平然と言い放つや、ユミコは右手をぐいと捻った。エンジンが猛々しく唸り、大型バイクは蹴り飛ばされたかのように追い越し車線を加速する。ユミコの肩越しに見えるデジタルメーターの数字は、あっという間に時速百キロを超え、百二十キロに迫る。

　トンネル内の緩やかな左コーナーを、深く車体を傾けてクリアし、その先の坂を駆け上って高架に出る。再び道なりに左へ曲がり、首都高埼玉大宮線の長いストレートに入る。

『いい感じに空いてるわね』

　というユミコの言葉どおり、平日夕方の上り車線には、他の車はほとんどいなかった。不吉な予感に襲われ、ミノルは慌てて叫んだ。

「でも、あの、二人乗りだし、安全運転で……！」

『もちろんよ。――でも、あと五分で池袋まで行かなきゃいけないのよね』

「はあ⁉　そ、そんなの無理に決まってるじゃないですか‼」

　さいたま新都心から池袋までは、道なりで二十キロ以上あったはずだ。平均時速百キロで飛ばし続けても、最短で十二分。五分で到着しようと思ったら、時速二百四十キロで走る必要がある。いくら緊急車両扱いでも公道で出していいスピードではないし、物理的に出せるとも思えない。

　というミノルの思考を察したかのように、インカムから再びユミコの声が聞こえた。

『イグナイターが新宿で能力を使ったのは、いまから三十七分前。ＤＤの鼻でも、《残り香》をトレースできるのは、あと五分程度が限界なの。というわけだから、ちょっと飛ばすわよ。もっとしっかり掴まってて』

「わ……解りました」

　ミノルは深呼吸すると、遠慮をかなぐり捨てて、ユミコの腰とお腹を両膝両腕でしっかりとホールドし直した。

　しかし、ほんの三秒後に、《飛ばす》という言葉の真の意味を嫌というほど思い知らされることとなった。

ユミコは、時速百二十キロで巡航するバイクのギアを二つ落とすと、右手のアクセルを思い切り捻ったのだ。

エンジンが吼え猛り、回転数のインジケータが跳ね上がる。前輪をわずかにリフトさせながら、鋼鉄の車体は巨大な砲弾と化して加速する。

——加速。

それは、ユミコの能力だったはずだ。《加速者》のコードネームを持つ彼女は、自分が生み出した加速力を増幅し、あたかも瞬間移動のように突進することができる。

その、《生み出した》の範疇に、バイクのエンジンパワーも含まれるとすれば。

「……まさか」

ミノルが呟いたのと同時に、異様な、そして圧倒的な力がバイクを《射出》し、路面から数センチの高さを凄まじいスピードで飛翔させた。

視界に映る高速道路と夕焼け空が放射状に融けていく。壁のような風圧が襲いかかってきて、必死にユミコの体にしがみつく。ジェットアイの筋力がなければ、引き剝がされて路面に転がり落ちていたかもしれない。

遥か前方を走る米粒でしかなかった大型トラックが、二十倍速再生の如きスピードで急接近してくるさまを、ミノルは呆然と凝視した。

「——うわあっ!!」

という悲鳴を上げることができたのは、バイクの前後輪がギュギュッと音を立てて接地し、グリップを取り戻した後のことだった。大型トラックは、一瞬のうちにすぐ目の前まで近づいている。

スピードを百二十キロまで落とすと、ユミコはひらりとバイクを傾けて、左からトラックをパス。再び前方に出現したクリアな車線を見据えながら囁く。

『言ったでしょ、最高速度マッハ〇・七って』

そして、ミノルに何を言う猶予も与えず、再度スロットルを開けた。

「あ――――」

仕方なく、ミノルはまたしても盛大な悲鳴を放った。

9

タクシーの後部座席に身を落ち着けると、須加綾斗はゆっくりと息を吐いた。

東京都内のタクシーが全面禁煙化されたのはもう随分昔のことだが、車内には真新しい煙の臭気が充満している。舌打ちを堪え、左の窓を全開にする。

不快な暖房の温気と煙臭さが排出され、代わりに流れ込んでくる切れるように冷たい外気を、胸いっぱいに吸い込む。無論、外気にも明治通りを行き交う大量の車が撒き散らす排ガスが満ちているが、車内の耐え難い匂いにくらべれば幾らかマシだ。

「お客さーん、暖房かけてんすけどー」

四十絡みの運転手が無遠慮に放ってきた言葉に、須加は素っ気なく答えた。

「止めてくれ、暑すぎる」

ちっ、とわざとらしく舌打ちする運転手を無視し、須加はもう一度、今度は鼻に意識を集中しながら外気を吸い込んだ。

排ガスの臭気に混じって、ごくごくかすかに、あの《匂い》がした。

ある種の化学物質を思わせる、嗅細胞に突き刺さるような刺激臭。

奴ら――黒の狩人どもの匂い。

須加たち《赤》も、敵である《黒》も、互いの存在を匂いによって察知できる。しかし原則として、敵が能力を発動させている時にしか、匂いは感じられないらしい。だが須加の感覚は少々特別だ。広範囲の酸素を操るという能力の余禄なのか、敵がこちらを追っている時だけはそれを感知できるのだ。

もっとも、範囲はせいぜい二キロ程度。つまり、現時点でかなり肉迫されているということだ。

「このまま明治通りを走って、春日通りで右折してくれ」

運転手に指示し、須加はリアシートに深く体を預けた。

追われているという危機感と同時に、満足感も腹の底からじわりと湧いてくる。

今日もまた、酸素の尊さを理解しない愚か者を燃やし、都心にサインを描くための生け贄にしてやった。しかも、骨さえ残さず炭化するのに要した時間は、前回よりも一分近く短縮された。本当はもう一人燃やしたかったが、これで良しとしておくべきだろう。

酸素を操る力は、まだ進化を続けている。この調子ならば、新たなステージへ到達する日もそう遠くはあるまい。その時こそ、純粋なる燃焼がもたらす輝きの中で、煩わしい狩人どもをまとめて酸化させてやる。

――そう、私は、リキダイザーたち《組織》の連中とは違う。崇高な使命をかなぐり捨てて、生き残ることだけに汲々としているような奴らとは。

使命。それは、この青い惑星に、完全なる酸素のサイクルを取り戻すこと。その循環には、人間どもの汚らしい燃焼行為の入り込む余地はない。

「……く、く」

《酸素の歌》を口ずさむのを堪えると、代わりに喉の奥から短い笑い声が零れた。運転手がルームミラー越しに気味悪そうな視線を向けてきたが、須加はもう気にしなかった。

＊＊＊

宣言通り、わずか五分弱で二十数キロの距離を走り抜けた——ときどきタイヤが地面に触れていなかったが——大型バイクは、東池袋インターで一般道に下りた。

サイレンと赤色灯が消えた途端、ミノルはぐったりとユミコの背中にもたれ掛かってしまった。しかし即座に、インカムから冷静な声が響く。

『疲れるのはまだ早いわよ。そろそろイグナイターに追いつくはず。教授にもらったエアボンベは持ってるわよね？』

「は……はい……」

『じゃあ、いまのうちに準備しておいて』

そう言われてから、ようやく思い出す。ボンベは肌身離さず持っているが、学校にいる間はポケットではなく――。

「あ……すみません、ボンベ、後ろのバッグの中に……」

『……解った。適当な場所で停めるから、急いで用意……』

ユミコがそこまで言いかけた時だった。不意に、聞き覚えのある声が回線に割り込んできた。

『……ちら《サーチャー》。《アクセラレータ》、現在位置は？』

かなりノイズ混じりだが、間違いなくＤＤの声だ。ユミコが簡潔に答える。

『東池袋、サンシャインの下』

『こっちは明治通りを北上中だけど、もう匂いが途切れかけてる。イグナイターはその近くを車で移動中のはずだ。何とか見つけてくれ！』

『何とかって……見える範囲に、車が何台いると思ってるのよ』

『気合でよろしく!!　こっちも合流を急ぐ、通信終わり！』

途端、ミノルと密着するユミコの背中ががくりと沈んだ。

『ったく、簡単に言ってくれるわね。うつ……じゃなくて《アイソレータ》、そういうわけだから、きみも周りの車をチェックして、なんかピンときたら教えて』

「は、はあ……」

――ピンと、って言われても。

と思いながらも、ミノルは視線を左右に動かした。

特課で見せられたイグナイターの写真は、不鮮明なロングショット一枚だけで、痩せ気味な男だということしか解っていない。そして、すれ違う車のハンドルを握っているのは、大部分が男性だ。

「……なんだか、みんな怪しく見えるんですけど……。ユ、じゃなくてアクセラレータさんは確か、直接見てるんですよね？」

せめて何か手がかりを、と思って訊ねると、ため息まじりの答えが返った。

『さんはいらない。前に一瞬見た時は、ニット帽にサングラス、マスク着用』

「……なるほど。大いに参考になります」

呟き、目視の範囲を広げる。

頭上には、下りてきたばかりの首都高五号池袋線の高架。道路の右側に見える巨大なレンガ風タイル貼りの建物は、サンシャインシティというやつだろう。左側は、広い歩道を挟んでオシャレな店が並ぶ。そして周囲には、数え切れないほどの車――。

『……とりあえず、あの交差点を曲がったところで停めるから、ボンベの用意して』

「解りました」

そう答えたミノルは、ふと反対車線を走ってくる一台のタクシーに眼を留めた。

＊＊＊

信じられん。

須加は、唖然と見開いた眼で運転手を凝視した。

走行中にもかかわらず、助手席から煙草のパッケージを掴み上げると、口で一本引き抜いたのだ。

パッケージを放ると今度はライターを握り、躊躇いもなく火をつける。深々と吸い込んだ煙をこれ見よがしに吐き出し、今更のように運転席の窓を開ける。

ルームミラーの中で眼が合うと、運転手は、紫煙を細長く吐きながらにやっと笑った。

「あー、すんませんねえ。このクルマ、個人タクシーなんで喫煙可なんすわ。お客さんも遠慮なくどうぞぉー」

東京の個人タクシー協会が全面禁煙に踏み切ったのは、いまから十一年も前の二〇〇八年だったはずだ。それ以前に、客が乗っているのに運転手が煙草を吸うとはどういう了見なのか。たかだか窓を閉めなかったことへの意趣返しなら、あまりにも幼稚すぎる。

――降りる。いますぐ停めろ。

という言葉を、すんでのところで須加は呑み込んだ。

驚愕が、頭の芯で酸素と結合し、殺意へと変わる。

燃やす。咥えた煙草ごと頭を消し炭に変えてやる。

右手を持ち上げかけた瞬間、危うく理性がブレーキを踏む。いまはだめだ。ここで力を使えば、後方から追ってきているはずの《黒》どもに見つけてくれと言うようなものだ。

しかし――、ああ、耐えられない。

車内の酸素が、汚らわしい燃焼によって食い尽くされていく。撒き散らされた二酸化炭素と有害物質が、ひと呼吸ごとに肺に入り込み、血を濁らせる。

燃やすのを我慢して車を降りるという選択も、冷静に考えれば有り得ない。次のタクシーを拾うあいだに、黒に詰め寄られてしまう。

……仕方ない。

須加は愛用の鞄の中から、いざという時のために常備しているものを取り出した。スポーツ用品店で売っている、酸素缶。

透明なマスク部分で鼻と口をぴったり覆い、ボタンを押し込む。しゅーっという音とともに、甘く濃密な気体が流れ出してくる。

薄く微笑みながら窓を閉めてやると、今度は運転手が眼を丸くした。

＊＊＊

……なんだ？

視界内を横切った何かが、ミノルの意識に引っかかった。

いますれ違ったばかりの、白いタクシー。運転手が、いまどき車内で煙草を吸っていた。

だが、気になったのはそれではない。後部座席に座った客が、口許に何かおかしなものをあてがっていたのだ。

「……すみません、Uターンしてもらえますか」

インカムに囁きかけた瞬間、ユミコが鋭く叫ぶ。

『見つけたの!?』

「い、いえ、まだ……でも、ちょっとだけ気になって……」

『なにを見たのよ!?』

詰問しながらも、ユミコはウインカーを出すと、対向する車列が途切れた瞬間バイクを器用に転回させた。問題のタクシーは、十台ほど先を走っている。

「前にいる、白いタクシーに追いつけますか」

『もちろん』

ユミコは左車線に移るとアクセルを開け、路駐の車と右車線の隙間をすり抜けて加速する。

タクシーが、みるみる近づく。

横に並ぶと、窓ガラス越しに後部座席を覗き込む。乗客は、相変わらず口許に何かを当てている。あれは——登山などに使う、O_2スプレー缶だ。

つまり、酸素。

息を呑みながら、ミノルは乗客の横顔を凝視した。

直後、ふうっと肩の力を抜き、インカムに囁きかける。

「すみません、見間違いでした」

なぜなら、スーツ姿の男性客は、六十歳以下ということはないであろう老人だったのだ。

半白の髪を丁寧に撫でつけ、脂気のない肌は皺深い。どこか教師を思わせる理知的な風貌は、とても連続殺人鬼のものとは思えない。恐らく呼吸器系の疾患を抱えていて、そのせいで酸素を吸入する必要があるのだろう。

「……もういちどUターンを……」

ユミコに向けた言葉を、途中で切り替える。

「……あの、ちょっとだけ《殻》を出しますよ」

『え!? な、なんで!?』

「違うとは思うんですが、念のためです」

言いながら、ユミコの体に回した両腕を解き、深く空気を吸い込む。

息を止め、胸の真ん中に埋まる漆黒の球体を《押す》。

『違うって、な』

ユミコの声が、ぶつりと途切れた。

バイクのエンジン音も、周囲の車の走行音も、その他ありとあらゆるノイズが消滅する。

視界がうっすらと青くなる。腰と両足が、バイクから浮き上がる。三センチメートルの厚みで展開した《防御殻》が、世界とミノルを切り離したのだ。

と言っても、外見的な変化はほとんどない。たとえ老人がずっとミノルを見ていたとしても、弾力のあるシートから体が離れたことには気づけないだろう。

——なのに。

《殻》を展開した、わずか半秒後。タクシー内の老人が、弾かれたように上体を起こし、窓外のミノルを見た。

鋭い双眸から放たれた視線が、窓ガラスとヘルメットのシールドを貫通して、ミノルの両眼を射貫いた。

老人の顔に浮かんだ驚愕の表情が、赤々とした殺意へと急変するのを、ミノルもまた驚きとともに眺めた。

＊＊＊

突然、鼻腔が燃え上がった。

嗅細胞を焼き尽くすかのような、ケミカルな刺激臭。

須加は、とっさに運転手が防犯スプレーでも噴射したのかと考えた。しかし次の瞬間、戦慄とともに気付く。

《黒の狩人》の匂いだ。奴らが能力を発動させたことを知らせるシグナル。しかし、こうも強烈な感覚を味わうのは初めてだった。加速する小娘にナイフで腹を抉られた時も、ここまで濃密な信号を知覚することはなかった。

匂いはなぜか瞬時に消え失せたが、吸い寄せられるように首を回し、左を見る。

窓のすぐ外を、一台の黒いバイクが併走していた。

革ツナギ姿のライダーは進行方向を見ているが、タンデムシートの同乗者が、ヘルメットをまっすぐこちらに向けていた。ミラー加工されたシールドのせいで顔は見えないが、それでも須加には確信できた。

こいつだ。ほんの一メートル先に、《黒》がいる。何らかの能力を発動させ、獲物を狩ろうとしている。

抑えがたい殺意が腹の底から噴き上がり、須加は鼻筋に皺を寄せて歯を食い縛った。

しかし直後、己の過ちを悟る。

バイクに乗る《黒》が能力を発動させたのは、須加の反応を見るためだったに違いない。酸素缶を口に当てていることに違和感を抱き、《赤》かどうかを確認するために、わざと匂いを知覚させたのだ。

つまり、匂いに驚愕し、横を見て、殺意を露わにしてしまったのは三重のミス以外の何ものでもない。

殺意が屈辱と混ざり合い、圧倒的な憤怒へと変質した。

殺す。何がなんでも。

須加は、酸素缶を左手に持ち替えると、バイクに向けて右手を伸ばした。

＊＊＊

六十代と思しき老人の顔を見た瞬間、ミノルの記憶の一部がちくりと刺激された。しかし、その理由を突き止める時間はなかった。

老人が、五指を鉤爪のように曲げた右手を突き出す。

皮膚に刻まれた掌線の真ん中が上下に割れて、深紅の球体が出現する。

生物の眼球を思わせるそれが、血の色の光を放つ。

このまま殻の中に留まりたいという本能的欲求を抑え込み、ミノルは能力を解除した。先刻の会話の途切れ方からすると、殻はインカムの無線接続をも遮断している。出したままでは、ユミコに声が届かない。

体がシートに沈み込んだ瞬間、掠れ声で叫ぶ。

「右のタクシーにイグナイター!! 攻撃される!!」

『…………!!』

インカムから、鋭い呼吸音が響いた。

直後、横風を感じた。

右から左へと空気が流れていく。大した風ではないのに、呼吸が妨げられる。慌てて大きく息をしようとするが、胸の苦しさは消えない。

空気が薄い。

これは、イグナイターの能力、《酸欠攻撃》だ。恐らく、バイクから離れた場所に、ミノルたちが吸うべき酸素を移動させているのだ。

肺全体が、締め付けられるように痛くなる。目の前がすうっと暗くなる。早くエアボンベを、と考えてからようやく気付く。イサリリ教授がくれたボンベは、バイクのトップケースに入れたままだ。

――もう一度、防御殻を出すんだ。原理はまるで解らないけど、殻の中には常に酸素が供給されている。つまり、イグナイターの酸欠攻撃にも対応できるはずだ。

激しく喘ぎながらそう考えたミノルは、能力を発動させようとした。

だが、できなかった。

空気を吸えない。防御殻を発動させるためには、胸いっぱいに空気を吸い込み、息を止めるというアクションが必要になる。しかし、喉に何かが詰まってしまったかのように、どんなに吸い込もうとしても肺が言うことを聞かない。

……これは、ちょっとまずいかな。

朦朧としてきた頭に、どこか他人事のような思考が浮かんだ。胸骨に寄生する黒い球体が、どくんと強く脈打った。

《離脱》するのだろうか。宿主が死ぬと判断して、空に還るのか。さいたまスーパーアリーナの地下駐車場で、バイターの骸から飛び立ったサードアイと同じように。

その時――。

『飛ぶわよ!!　摑まって!!』

インカムから響いた叫び声が、ミノルの意識を引き戻した。残された最後の力で、ユミコの体にしがみつく。

吸気に含まれる酸素が不足しているせいか、苦しげに喘いでいたエンジンが、手負いの獣のような咆哮を轟かせた。

強烈な駆動力がチェーンを介して後輪、更には路面へと伝わる。同時にカウンタートルク、すなわち反作用が上向きのモーメントを作り出し、前輪を浮かせる。

全体としては斜め上方へと発生した加速力を、ユミコが能力によって増幅し――。

ズバァン！

という衝撃音とともに、二人を乗せたバイクが猛スピードで跳躍した。

ミノルの霞んだ視界に、茜色の夕空が広がった。

＊＊＊

逃げられるはずはなかった。

二人の《黒》の周囲に存在する酸素を、たっぷり十メートル以上も離れた場所に移動させてやったのだ。ライダーもタンデマーも、酸欠空気を吸い込んで即座に昏倒すると須加は予想していた。

本当は、バイクのエンジンを狙いたかった。内燃機関の内部では、常に気化ガソリンが燃焼し続けている。そこに高濃度の酸素を凝集させればどうなるかは、小学生でも解ることだ。

しかし、残念ながらバイクが余りにも近すぎた。エンジンが爆発すれば、須加の乗るタクシ

ーも無事では済まない。最悪、破片が窓ガラスを破って車内まで突入してくるかもしれない。

ゆえに、次善の策として酸欠攻撃を行った――のだが。

「な………」

須加は、驚愕とともに右手の《握り》を緩めた。

酸欠エリアに捕らえたはずの大型バイクが、いきなり派手にウィリーしたと思ったら、そのまま地対空ミサイルのように斜め上空へとすっ飛んでいったのだ。

あれは恐らく、腹にナイフを深々と突き刺してくれた《黒》の能力だ。黒ツナギのライダーこそが、あの小娘だったのだ。

怨敵を取り逃がした悔しさが、腹の底で熱く滾る。

しかし、それも一瞬のことだった。いまはまだ奴らと戦う時ではない。相応しいステージは、すでに別の場所に用意してあるのだから。

ここは年長者らしく、冷静に行動することが肝要だ。

左手で酸素缶をしっかり口に当てたまま、運転手に指示する。

「あの交差点の手前で停めてくれ」

だが運転手は、煙草を口に咥えたままハンドルの上に首を伸ばし、フロントウインドウ越しに上空を眺めている。

「爺さん、いまの見たかよ⁉　バイクがすっ飛んでったぜ‼　なんかの撮影か⁉」

運転手にも少しぐらい酸欠症状が出ていてもおかしくないのだが、タクシーの窓が閉まっていたおかげで影響を免れたらしい。苛立ちを堪えながら、指示を繰り返す。

「いいから停めろ」

「わかった、わかった」

ウインカーを出し、路側帯に車を停止させると、運転手はメーターを操作しながらまたしても大声を出した。

「つーか爺さん、さっきのバイクになんか合図してたろ⁉　もしかして、爺さんも俳優だったりして⁉」

「…………」

――余計なことを言ったもんだな、若いの。

酸素缶を鞄に戻すと、須加は無造作に右手を伸ばし、後ろから運転手の脂ぎった首を握った。

ごきん。

少し力を込めただけで、頸骨が呆気なく粉砕された。山篭りで鍛え上げた右手にかかれば、人間の骨など発泡スチロールにも等しい。

ぐにゃりと脱力した運転手の体を右腕一本で助手席に引っ張り出し、タクシーを降りる。運転席側に回ると、平然と乗り込む。

助手席の死体をフットスペースに押し込んで、スーパーサインの表示を回送に変更すると、須加はタクシーを発車させた。

＊＊＊

焼けるような胸の痛みに苛まれながらも、ミノルは大型バイクが跳躍、いや飛翔していることを意識した。

ユミコは、斜め上方への加速力を増幅し、バイクを離陸させたのだ。とんでもない荒業だが、しかし、あの状況から脱出する唯一の手段だったのも確かだろう。

とは言え。

いったい、どうやって着地する気なのだろうか。

バイクは、地上から少なくとも三十メートルは離れた空中を飛行している。当然だが、車輪の下に道路はない。となれば、もう《加速》も《減速》もできないのではないか。

途切れそうになる意識の中でそう危惧するが、ユミコの体は小揺るぎもせずにミノルを支え続ける。

直後、バイクは放物線の頂点に達し、次いで落下し始める。

この高さから道路か建物に激突すれば、バイクはもちろんのこと、サードアイ保持者の体も大きなダメージを負うだろう。だからと言って、自分だけ《殻》の中に逃げ込むような真似ができるはずもないし、そもそも失神しかけたこの状態で能力を使えるのかどうかも定かではない。

落下方向には、屋上を緑色に塗装された背の低いビルが何棟も立ち並んでいる。そのうちの一棟が、急激に近づいてくる。数秒後、あのビルに激突することになるのだろうか――。

というミノルの予測は、あっさりと裏切られた。

横長のビルの屋上が間近に迫ったその瞬間、バイクはあたかも空中でパラシュートを出したかのように急減速したのだ。

コンクリートの床面が迫る。前後輪がほぼ同時に接地する。どぎゅっ！　という音とともにサスペンションが深く沈み込み、衝撃を吸収する。

続いて、今度こそ本物のブレーキが性能を発揮し、バイクは大径ローターから火花を散らしながら屋上の中央で停止した。

どうやら墜落死は免れたらしいが、なぜ空中で落下速度が鈍ったのだろうか。朦朧とした頭で考えるうち、ふと気付く。

落下するバイクには、空気抵抗による減速が発生する。そして減速というのは《負の加速》であり、本質的には加速する力とまったく同じなのだ。恐らくユミコは減速力を増幅し、バイクに空中でブレーキを掛けたのだろう。

――加速者。なんて凄い力なんだ……。

という思考を最後に、意識がふっと遠ざかった。自分の体がタンデムシートから滑り落ち、屋上のコンクリートに転がるのを、ミノルはぼんやりと感じた。

「…………!!」

何事かを叫びながら走り寄ってきたユミコが、ミノルを抱え起こした。ヘルメットをかなぐり捨てるや、ライダースーツの首元から小型のマウスピースを引っ張り出し、ミノルの口に突っ込んでくる。

「……なさい！　吸うのよ!!」

命じられるまま、ミノルはそこから空気を吸い込もうとした。

しかしもう、口も肺もぴくりとも動こうとしなかった。まるで、熱した糊をいっぱいに流し込まれ、呼吸器系の隅々までが固まってしまったかのようだ。視界がみるみる薄暗くなっていく。胸の奥で、サードアイが強く疼く。

これは――感情？　怒り……いや、悲哀……？

不意に、マウスピースが口から引き抜かれた。

ユミコはそれを咥えると、上体を反らせて深々と空気を吸い込んだ。

マウスピースを吐き出し、一瞬の躊躇もなくミノルの口を自分の唇で塞ぐ。気道を確保し、鼻を摘んでから、勢いよく吹く。たっぷりと酸素を含んだ気体が、気管をこじ開けながらミノルの肺に流れ込んでくる。

さっと顔を離すと、ユミコは再びマウスピースを咥えた。教授がエンリッチド・エアと呼んでいた、酸素の比率が高い空気をいっぱいに吸い、もう一度ミノルの口に流し込む。

何を考えることもできないまま、ミノルは次々に与えられる酸素を必死に貪った。焼けるような肺の痛みが洗い流されると同時に、いまにも爆発しそうだったサードアイの疼きが、急速に薄れていく。

「……っ……！　げほっ……!!」

激しく咳き込むと同時に、ようやくミノルの肺が自力で動き始めた。ユミコは食い入るようにミノルの眼を見詰めながら、鋭く叫んだ。

「呼吸できる⁉　自分で息ができるのね⁉」

「はっ…………、は……、はい……」

掠れた声で、ミノルは応じた。

その途端――。

ぼたぼたっ、と、温かい水滴がミノルの頬に弾けた。その源がユミコの両眼であることに、ミノルはしばらく気付けなかった。

ユミコもまた、自分の涙に驚いたかのように体を遠ざけさせた。何度かライダースーツの袖で目許を拭っていたが、やがてミノルに背を向けてうずくまると、本格的に肩を震わせ始める。

ミノルは、何を言うことも、起き上がることすらできずに、ただ小さな背中を見つめ続けた。

冷え始めたバイクのエンジンが放つ、かちん、かちんという音だけが、か細い嗚咽に重なって響いた。

10

古びたエレベータががたぴし言いながら四階で停止すると、ユミコは「部屋に寄るから」とだけ告げて降りていった。

ドアが閉まり、再度上昇する。

三日ぶりに訪れた特課本部の五階は、相変わらずのだだっ広さでミノルを出迎えた。南側にずらりと並ぶ窓の向こうの空には、残照の朱色がほんの少し残っている。まだそんな時間なのか、とミノルは少し不思議に思う。

学校を出たのが午後三時五十五分。箕輪朋美と用水路沿いの道路で別れたのが四時二十分。直後にユミコのバイクに乗せられ、池袋に到着したのが四時三十分。イグナイターと接触し、しかしミノルの不手際のせいで逃がしてしまい、教授の指示で東新宿の本部に撤収したそれら全てが、たった一時間のあいだに起きたことなのだ。

……しかも僕は、イグナイターの酸欠攻撃で危うく死にかけて、ユミコさんに助けてもらったんだ……。

エレベータを降りたところで立ち尽くしたまま、改めてその事実を噛み締める。

そのユミコはまだ上がってこない。部屋を見回すが、教授とＤＤの姿もない。

代わりに、大型テレビの前で体を丸めて座り込む、見知らぬ人影があった。

体つきからして男、恐らく高校生だろう。ユミコの制服と同じ色合いのブレザーを着ている。頭には大型のヘッドホンを乗せ、両手でゲーム機のコントローラを握っている。

こちらから挨拶するべきか否か迷いながら近づいていくと、テレビ画面が視界に入った。

映し出されているのは、ミノルが生まれるずっと前に発売された、家庭用テレビゲーム黎明期のRPGだった。縦横数百ドット程度の映像を六十五インチの大型液晶テレビに表示させているので、ドット一つが冗談のように大きい。

画面の右側に並んだ主人公パーティーが、牧歌的なアニメーションで次々に攻撃を繰り出すさまを、ミノルは無言で眺めた。あの事件が起きる前に、姉のワカバと一緒に遊んでいた携帯ゲーム機ですらこの画面より遥かに高解像度だったが、これはこれで味わいがあるような気がしなくもない。

主人公たちが軽々とモンスターを蹴散らし、フィールドに戻ったところで、ポーズボタンが押された。

クッションの上であぐらをかく男子高校生が、コントローラを持ったまま体を後ろに倒し、逆さまの顔でミノルを見る。にやっと笑みを浮かべ、体のバネだけで腰を浮かせると、しなやかな動きで立ち上がる。

向かい合うと、身長は相手のほうが三センチばかり高かった。ウェービーな茶髪は長めで、前髪の毛先がブルーのセルフレーム眼鏡にかかっている。レンズの奥の両眼はくっきりとした二重で、鼻筋は高く、顔の輪郭もスマートに鋭い。どこを取っても、日本人離れした容姿の整いっぷりだ。

口許に浮かぶ気取りのない笑みのおかげでどうにかその場に踏み留まりつつ、ミノルは挨拶した。

「あ……ど、どうも、初めまして。このあいだ特課に加わった空木です」

すると、長身の高校生は、色の薄い瞳でまっすぐにミノルを見詰めながら、予想外の質問を繰り出してきた。

「お前、レベル上げする派？　それともギリで進める派？」

…………は？

と呆気に取られつつも、素直に答える。

「最近はあんまりゲームやってませんけど……長く遊びたいんで、しまくる派です」

途端、高校生はニカッといっそう人懐っこい笑顔になり、右手を差し出してきた。

「オレ、しすぎてラスボスが即死しちゃう派。……斉藤オリヴィエ、今後ともよろしく」

――お、オリヴィエ？

――本名だとしたら、ハーフ？　フランス系……？

道理でカッコイイはずだ、と思いながら手を握ると、相手の強烈な握力に思わずたじろぐ。

間違いなくサードアイ所持者の筋力だ。

ミノルの右手をしばらく軋ませてから、斉藤オリヴィエはばしんと肩を叩き、言った。

「よーし、さっそく一緒に無駄な経験値稼ぎしよーぜ。もうすぐレベルアップだから、そしたらお前にもやらせてやるよ」

答えを待たずにミノルを大型テレビの前に座らせ、再びコントローラを握ったオリヴィエだったが、ポーズを解除するより早く後方から呆れたような声が聞こえた。

「あのなあオリビー、期待の新人にレベル上げなんかやらせるなよ」

振り向くと、いつの間にかすぐ近くに、トレードマークのキャップをあみだに被ったDDこと大門伝二郎の姿があった。

「ほれ、とっととセーブして終わりにしろよ。ミーティングの時間になってもそれやってると、またユミコちゃんにぶっつり電源切られんぞ」

「その悲劇は二度と繰り返したくないね」

肩をすくめて答えたオリヴィエは、素直にゲームをセーブすると、旧式ハードと最新テレビの電源を落とした。

「わりーね、空木クン。コードネームは《アイソレータ》だっけ？　楽しいレベル上げはまた今度な」

「は、はい、ぜひ」

こっちのことを知ってるのか、と驚きながらそう答え、オリヴィエに続いて立ち上がる。

先刻、ＤＤは彼を《オリビー》と呼んだ。ミノルも、そのニックネームには聞き覚えがある。前回ここに来た時は、イグナイターの捜索で不在だった特課メンバーだ。

……てことは、オリヴィエさんが、ＤＤさんの本来のパートナーなのか。

そう思いながら前を歩く二人を眺めると、凸凹コンビ風ながらも不思議としっくりくるものを感じて、ミノルは思わず眼を伏せた。ユミコと組んだ初任務でいきなり大失敗してしまったことが思い出され、いたたまれなさのあまり逃げ出したくなる。

しかしその時、背後でエレベータの到着音が響いた。ユミコを従えて登場したイサリリ教授は、ミノルたちを一瞥するや、勢いよく言った。

「揃っているようだな！　それでは早速、ミーティングを始めよう！」

革ツナギを制服に着替えたユミコの、イグナイターとの接触報告を聞くあいだ、ミノルはひたすら首を縮めていた。

八十インチモニタの前に立つ教授は、報告が一段落すると、ため息まじりの呟きを漏らした。

「取り逃がしたか……。惜しかったな……」

おさげを一振りし、視線をＤＤに向ける。

「追跡は、どこまでいけた？」

答えるＤＤの顔にも、いつになく厳しい表情が浮かんでいる。

「イグナイターが乗っていたタクシーは、荒川区西尾久の小さなアンダーパスで発見しました。助手席には運転手の遺体がありましたが、死因は窒息死や焼死ではなく頸骨の粉砕骨折です。そこからの足取りは不明。ドライブレコーダーも持ち去られていました」

「ふむ。車内から、指紋その他の微細証拠物件は出たか？」

「遺体頸部の皮膚からは、指紋は採取できませんでした。代わりに液体絆創膏の成分を検出、指紋を隠すために常に塗っているんでしょう。リアシート周辺からは大量の指紋と毛髪が見つかりましたけど、正直そっちは望み薄ッスね……」

「だろうな、タクシーに乗った無数の客を全て割り出し、追跡するのは困難だ。というわけで……最後の望みは、ミッくんの記憶に託されたわけだが」

突然名前を呼ばれ、ミノルはいっそう身を縮めた。

「……ミッくん、イグナイターの素顔を間近から見たのはきみだけだ。そこで、古典的手法ではあるが、これを試してみようと思う」

と言って、教授がモニタ前のデスクから取り上げたのは、スケッチブックと鉛筆と消しゴムだった。

嫌な予感をひしひしと感じながら、ミノルは訊ねた。

「……あの、それで、何を？」

「決まっている。きみに、イグナイターの似顔絵を描いてもらうのだ」

十分後。

長く苦しい戦いの証を刻み込んだスケッチブックを、ミノルは教授に差し出した。

受け取り、表紙をめくってからも表情がほぼ変化しなかったのは、年齢に似合わない見事な自制心と言うべきだろう。

「……ンム」

微妙な唸りを漏らし、教授は丁寧に画用紙を剥ぎ取るとスキャナにかけた。得られた画像が、すぐさまモニタに大写しになる。

最初に反応したのは、斉藤オリヴィエだった。

後ろにひっくり返る寸前までパイプ椅子を傾け、両足をバタバタさせながら、遠慮のなさすぎる笑い声を炸裂させる。

「うははははは!!　こ、これもう人間じゃねーだろ、ホブゴブリンか何かだろ！」

「おいオリビー、頑張って描いてくれたんだからそんな笑う……ぐふっ……」

いさめようとしたＤＤの語尾にも、苦しげな呼吸音が重なる。

予想はしていたものの、ここまで爆笑されると少しばかり傷つき、ミノルは口を尖らせた。

「……似顔絵なんて、描いたことないですし……。ともかく、イグナイターは六十代前半くらいで痩せ型、白髪交じりのオールバックで……学校の教頭先生って感じの男でした」

解説を付け加えてからミノルが椅子に戻ると、教授がぱんぱんと両手を叩いた。

「ほら、オリビー、DD、いつまでも笑ってるんじゃない。これは重要な情報だぞ。似顔は後でモンタージュも作るとして……予想よりも、ずいぶんと年配だったな。ミッくん、他に何か思い出すことはないか？」

問われ、ミノルは考え込んだ。

彷徨わせた視線の先では、オリヴィエとDDがいまだにひくひくと肩を震わせている。その向こうに座るユミコは、まったくの無表情。

イグナイターを取り逃がし、本部に戻る道すがら、ユミコはほとんど喋ろうとしなかった。バイクを降りてから、ミノルが改めて救命処置のお礼を言った時すら、眼を合わせずに小さく頷いただけだったのだ。

ビルの屋上で見せた涙が照れくさいのかとも思ったが、それも違うような気がする。まるで、自分の心の中に閉じこもってしまったかのような……。

一瞬の物思いを振り払い、ミノルは口を開いた。

「ええと……言われてみれば、なんだか、どこかで見たような、って感じがするんです」

「ほう？　最近か？」

「いえ……。横顔じゃなくて、正面から見た時に、一瞬あれって思って……」

ミノルの能力発動に反応したイグナイターが、顔をこちらに向けて殺意を露わにした瞬間、記憶がごくかすかにだが刺激された気がした。

しかしミノルは、ひとの顔を覚えるのが大の苦手なのだ。三日にあげず通い詰めている図書館の司書さんの顔すら思い出せないのに、たとえば雑踏ですれ違った程度の接触ならば、記憶に留まることは有り得ない。

「…………すみません。思い出せません」

呟いたミノルに、教授は眉を寄せながら頷いた。

「そうか……。ま、モンタージュを作っているあいだに、また何か思い出すこともあるだろう。ミーティングはひとまずお開きとしよう。ＤＤは引き続き探知につとめてくれ。他の者は、新たな情報が入るまで待機。では、解散」

「おっと、その前に、ちょっといーすか？」

「ん？　なんだ、オリビー？」

ようやく笑いの発作が収まったらしい斉藤オリヴィエは、しなやかな動作で立ち上がると、青みがかった灰色の瞳をユミコに向けた。

「ユミコちゃん。さっきの報告、ちっと解んないトコがあったんだけど。イグナイターを発見して、攻撃されて、離脱したって言ったよな。どーして反撃できなかったんだ？」

俯いたままのユミコが、ぴくりと体を動かした。

ミノルもまた、椅子の上で小さく身動ぎした。ユミコは冒頭の報告で、出来事の一部を省略していたのだ。

すなわち、ミノルが無酸素空気を吸い込み、あわや死にかけた部分を。

ユミコはしばらく黙り込んでいたが、やがてぽつりと答えた。

「危険だったからよ」

「そりゃそーだよな。ルビーアイと戦うんだから」

オリヴィエの態度は相変わらず飄々としているが、声にわずかな鋭さが加わる。

「けど、危険だからって戦わずに逃げてたら、オレたちがここにいる意味ねーだろ？」

「……あ、あの！」

ミノルは意を決し、立ち上がった。ユミコに責められるいわれがないことは、ミノルが説明しなくてはならない。

振り向いたオリヴィエの、整った顔を懸命に見返しながら、ミノルはつっかえつっかえ言葉を続けた。

「あの……、僕のせいなんです。僕が、せっかくもらったエアボンベを準備するのを忘れてたから、イグナイターの酸欠攻撃にやられそうになって、それでユミコさんは離脱したんです。すみません、うっかりしてました」

弱々しく笑いながら、ミノルはぺこりと頭を下げた。

するとオリヴィエは、軽く頷いて同じく微笑んだ。

「あー、なるほどね、了解了解。あるよな、うっかりしちゃうことも」

すたすたと歩み寄り、ミノルの左肩をぽんと叩く。

その右手を拳に握ると、無造作に振りかぶり――。

直後、左頬に爆発めいた衝撃が生まれて、ミノルは声を上げることもできずに吹き飛んだ。

オリヴィエの右拳に殴られたのだ、と理解できたのは、五メートルも離れたコンクリートの壁に背中から激突した後だった。

ずるりと壁面を滑り落ち、床にへたり込む。

誰かに殴られるのは、今月二回目だ。しかし、箕輪朋美の一件で陸上部の上級生に殴られた時は無意識のうちに殻を展開したので、痛みはまったく感じなかった。

――本当は、こんなにも痛いのだ。殴られるというのは。

焼けるような左頬の疼きに、屈辱感と無力感が混ぜ合わされ、黒い液体となって記憶の沼に流れ込んでいく。

「空木クン、なんでぶっ飛ばされたか解るか？」

床の上で深く俯くミノルに向けて、オリヴィエがそう訊いてきた。しばらく口を閉ざし続けてから、小声で答える。

「……僕が、うっかりミスをしたからでしょう」

「違うね」

即座に否定すると、オリヴィエは言葉を続けた。

「言ったろ、ミスすることもあるって。それを責めてんじゃねーよ。問題なのはな、お前が、さっぱり認識してねーってことだ。自分のミスのせいで、死ななくてもいい人間が一人死んだって事実を」

「…………！」

鋭く息を吸い込む。

呆然とするミノルの前を、オリヴィエがぺたぺたとスリッパを鳴らして通り過ぎていく。

「結局、覚悟がねーから他人事に思えるんだ。お前、特課に向いてないよ、空木クン。サードアイ摘出術を受けて、記憶を全部消してもらって、家に帰ったほうがいーぜ」

ひらりと左手を振り、エレベータに向かおうとしたオリヴィエの背中に――。

静かな、しかし芯のある声が投げ掛けられた。

「それは少し違うわ、オリヴィエ」

声の主は、パイプ椅子に座ったままのユミコだった。

「空木くんはさっき、あんたに殴られるよりも早く《防御殻》を展開することもできた。もしそうしてたら、今頃あんたの右手は、バキバキに複雑骨折してるわ。……少なくとも彼には、あんたの拳骨を甘んじて受けるだけの覚悟はあったのよ」

オリヴィエは一瞬足を止めたが、しかし何を答えるでもなく、そのままエレベータの中へと消えていった。

数分後。

DDとユミコも階下へと去り、がらんとした五階西端の研究室エリアで、ミノルはイサリリ教授に手当てしてもらった。

口の端が少し切れただけなので何もしなくていいと一度は断ったのだが、教授は強引にミノルを座らせると、丁寧に消毒してから絆創膏を貼った。治療を終えると、珍しく何度か口ごもってから言う。

「あー、うーんと……そのな、オリビーの奴の台詞だが……」

ミノルは苦笑し、かぶりを振る。

「大丈夫です。特課を辞めるつもりはありません」

「そうか」

教授はほっとしたように微笑むと、ぽんとミノルの腕を叩く。

「もし本当にサードアイを摘出して、記憶を消してくれと言い出したら、どう説得したものかと気をもんだぞ。まったく、人間とのコミュニケーションは難しいな。唯一の正解が存在しないからな」

答えのある問題ならば即座に解く能力を持つという《思索者》は、少しばかり子供らしさのある笑顔を見せると、救急箱を片付け始めた。小さな白衣の背中に向けて、ミノルは呟くように言った。

「……ここで特課を辞めて、氷見課長にさっきの一件を含めた記憶を消してもらっても、あの拳骨の感触だけは忘れられない気がしますから……」

「ほう……うん、そうだな、そうかもな」

振り向いた教授は、小さく首をかしげてから頷く。

「私も、二年生の時に、幼稚園からの親友とつまらん理由で取っ組み合いのケンカをしてな。あの時食らった平手打ちの痛みは、まだ鮮明に覚えている」

「は……え⁉」

ミノルは、驚きのあまり叫んでしまった。

「取っ組み合い⁉　教授が⁉」

「あのな」

幼い顔に、淡い苦笑が浮かぶ。

「三ヶ月前までは、私も外見どおりのガキンチョだぞ。毎日毎日飽きもせず愚行を繰り返し、怒ったり怒られたり、泣いたり泣かせたりしていたさ。当然だろう」

「は……はあ……」

当然、と言われればそうなのかもしれない。ミノルも、八年前の事件が起きる以前は、友達や両親……たまには姉とケンカをしては泣いていたはずだ。

救急箱をキャビネットに片付けると、教授は再びミノルの前の丸椅子に腰掛けた。

「しかしな、いまとなっては、それも必要不可欠な経験だったと思えるよ」

「……取っ組み合いのケンカが、ですか？」

「そうさ。……私はな、サードアイに寄生され、《思索》という能力を得たのちに、解いてはならない問題を解いてしまったのだ。すなわち――《人の生きる意味とは何か》という問いをな」

「い……生きる意味……」

再び啞然とさせられながら、おさげ髪の指揮官をまじまじと見詰める。

「そんな問いに、答えなんかあるんですか……？」

「あるとも。もしなければ、何のために哲学や宗教が存在するんだ」

「そ……その答えって、何なんですか？」

「ナイショだ」

ぱちりとウインクしてから、教授は真顔になって続ける。

「ともあれ、その答えを得たおかげで、私は《考える》ことはできても《悩む》、《迷う》という人間の特権を失ってしまった」

「特権……」

「そうさ。ミッくんも、一度くらいは考えたことがあるだろう？　なぜ、悩みが尽きることはないのか、と。小学生の頃はテストやらマラソン大会、予防注射や歯医者に悩み、少し大人になると友情だの恋愛だのに悩み、さらには進学だの就職だの、結婚だのローンだの闘病だのと、人生においてあらゆる悩みが解消される瞬間など、永久に訪れない。なぜなら、それは必要なことだからだ」

「必要……。悩んだり、迷ったりすることがですか？」

「ああ。悩まない人間の精神は畸形だよ、この私のように。だからな……私はきみに出会えて、心の底から喜んでいるのだ」

教授は幼い両手を伸ばすと、そっとミノルの頰を挟み込んだ。

「《防御殻》というきみの能力は、大いなる謎だ。私はな、赤と黒のサードアイが地球に落下した理由すらも看破したつもりでいたのだ。だが、きみという存在を知り、私の得た《答え》が誤っていたと知った。これ以上の喜びはない」

なぜなら、と教授は熱っぽく語った。

「……私が導いた《人生とは何か》という答えもまた、間違っている可能性があると気付けたからだ。恐らく……あくまで推測だが、きみの能力である《防御殻》は、サードアイの存在理由に直結している。それはまた、人間を含む全ての生命の存在理由でもあるはずだ。ことによると、無数の命を育んだ、この宇宙の存在理由にまで……」

「あ、あの」

ほとんど鼻先がぶつかりそうな距離にまで接近されて、ミノルはつい声を出してしまった。

教授はぱちくりと瞬きすると、いつもの苦笑を浮かべて顔を離した。

「おっと、すまんすまん。つい夢中になった。……かように、私はきみに興味がある。だから、特課を辞めてもらいたくない」

「は……はい。ええ……辞めません。後ろ向きな理由ですけど……」

ここで降りたら、オリヴィエに殴られた痛みの記憶だけが果てしなく肥大化してしまう。

そんな動機しか見つけられない自分を、ミノルは恥じた。

しかし教授は、全てを包み込むような笑みを浮かべ、頷いた。

「うむ。悩め、ミッくん。悩んで、迷って、ときにはワーっと叫んで飛び上がれ」

＊＊＊

腹の底にくすぶる怒りをどうにか寝かしつけるのに、須加の意志力をもってしても三時間を要した。

ベランダに並ぶ植物たちの向こうで、冬の空が刻一刻と色を濃くしていくのを眺めながら、ひたすらに深呼吸を繰り返し続ける。

今日の計画では、新宿で獲物を燃やしたあと、黒どもの追跡を悠々とかわして安全圏まで離脱できるはずだったのだ。しかし、三重のミスによって敵に発見されてしまっただけでなく、顔を正面から見られ、なおかつ取り逃がしてしまうとは。

あの時、須加は酸素をバイクのエンジンに集中して爆発炎上させるのではなく、バイク周辺から酸素を奪って黒どもの呼吸を止めようとした。しかし、酸欠攻撃はどうしても効果が最大になるまでに時間がかかる。そこを衝かれ、小娘の加速能力で脱出されてしまった。よもや、バイクごと空中に跳躍して、瞬時に視界から消え失せるとは。

怒りと悔しさのあまり呼吸が浅くなっていることに気付き、須加は植物たちから放たれる酸素を深々と吸い込んで気を鎮めようとした。

――至近距離での戦いなど、野蛮なだけだ。

ようやく頭の芯が冷え始めるのを感じながら、自分に言い聞かせる。

遠距離からの燃焼攻撃。それこそが、須加に与えられた力の本質だし、また運命に望まれた役目でもある。

穢れた文明に、浄化の炎を。

そのために、新たなる生を与えられたのだから。

強張った両腕の力を抜き、長く息を吐いて、須加はゆっくりと振り向いた。

灯りを落としたリビングルームの壁には、大判の紙が貼り付けてある。東京都心部の詳細なカラー地図だ。窓からの残照を受けて赤く輝くのは、各所に刺さったマップ画鋲の頭。

須加は地図に歩み寄り、余白に刺してある予備のピンを一本抜くと、今日新たに浄化の炎を呼び起こした西新宿の現場に深々と突き刺した。

九本目。

三歩下がると、地図を眺める。

整然と並ぶ九本のピンは、東京という罪深い都市に美しいサインを描き出している。

いつか愚かな人間たちは知るだろう。この巨大なしるしこそが、全ての始まりだったのだと。穢れた過剰酸化文明に下される神罰の、最初の顕現だったのだ、と。

「……く、ふ、ふふふ」

やっと怒りを忘れ、須加は口の両側に深い谷を刻んで笑った。

黒どもに顔を見られたことは懸念材料ではあるが、このマンションまで追跡できるはずはない。絶対に。

なぜなら須加綾斗は、完全に死んだ人間なのだから。


***

「本当にすみません、典江さん。明日が提出期限のグループ研究が、どうしても仕上がらなくて」

「んー、そういうことならしょうがないかー。そこのお宅の親御さんに、よくお礼言うのよ。あと、宿題だからって、あんまり夜更かししちゃダメよ」

「は……はい、解ってます。……明日は、直接学校に行きますから」

「ん、りょーかい。頑張ってね」

敬愛する義姉に真っ赤な嘘をつくことの罪悪感に苛まれながら、ミノルはスマートフォンを耳から離した。

本当は、ミーティングが終わりしだいさいたま市に帰るつもりだった。しかしオリヴィエに殴られ、教授に説かれて、ミノルは帰宅するのをやめた。

依怙地になったり、いじけたりしたわけではない。せめて何か一つだけでも、自分の愚行を償わなければ、家には帰れないと考えたのだ。

といっても、いまできることはたった一つ。頭の奥底に埋もれた記憶を、どうにかして掘り起こすこと。

特課本部五階の壁際で膝を抱えて座り込み、ミノルは両眼を閉じた。

――僕は、あの顔を、知っている。

ヘルメットのシールドと、タクシーの窓ガラス越しに見た《イグナイター》の素顔。凶暴な殺意に歪む前の、無表情な、どこか教師めいた初老の男の顔。

単純に、街ですれ違った程度の記憶ではない。通り過ぎる人の顔など見ていないのだから。そしてまた、小学校の時に同じ学校で教師をしていたとか、そこまでの明確な接点がある人間でもない。覚えているのが、正面からの無表情な顔だけなのだから。

いまだけは、余計な記憶を蓄積しないというポリシーが悔やまれた。立てた両膝に顎を乗せ、額に拳を強く押し当てる。

いったい……どこで……。

「………きみが、そこまで罪の意識を感じることはない、と思うわ」

突然、頭上からそんな声が振ってきて、ミノルはハッと顔を上げた。

立っていたのは、スリムジーンズとセーターに着替え、両手に炭酸飲料の缶を持ったユミコだった。

視線を少しだけ逸らしながら、訥々と言葉を続ける。

「それは、タクシーの運転手さんが亡くなったのは重いことだわ。でもね、オリヴィエだって、それがきみの責任だなんて言ってるわけじゃないのよ。殺したのはイグナイターであり、奴に寄生するサードアイなの。そして、ルビーアイの手にかかった一般市民の数は、現在判明しているだけでも、百人を軽く超えてる。特課での活動を続ける気なら……こんな言い方はしたくないけど、犠牲者ひとりひとりに過剰に思い入れてると、すぐに潰れるわよ」

「……は……はい……」

ミノルは、眼を伏せながら頷いた。

――頭を抱えていたのは、記憶をムリヤリ掘り起こそうとしていただけなんです。

とは言えずに、目の前に突き出された缶を受け取る。ありがとうございます、と礼を言って、プルタブを引く。

よく冷えた炭酸を口に含みながら、ぼんやりと考える。

ミノルがヘマをしたから、殺されなくても済んだはずのタクシーの運転手が、イグナイターの新たな犠牲者になってしまった。それは事実だ。だが、オリヴィエにしたたかに殴られたというのに……そしてユミコが慰めてくれたというのに、切実な罪悪感というものが自分の中に存在する実感はない。

悩まない人間の精神は畸形だ、という教授の言葉が、耳に甦る。

――僕は異常なのか。だとしたらそれはサードアイのせいなのか……それとも、寄生される前からなのか。

そんな思案が頭を過ぎるが、それ以上考え続けることはできなかった。すぐ隣に、ユミコがすとんと腰を下ろしたのだ。

片手で起用に缶を開け、ごくんと一口飲んでから、ユミコは言いづらそうに喋り始めた。

「あの……ね。さっきのことだけど……悪かったわね」

「え……？　さっき……って、ミーティングの時ですか？」

「違うわよ。その前、ビルの屋上で……」

「屋上………」

鸚鵡返しに呟いてから、ミノルはようやく、自分が死にかけた場面を思い出した。

イグナイターの酸欠攻撃をまともに喰らい、自発呼吸ができなくなったミノルを、ユミコは自前の呼吸器系を使って助けてくれたのだ。すなわち、口と口を直接——。

どすん、とコンクリートの壁に背中をぶつけるミノルを一瞥してから、ユミコはやや早口に続けた。

「咄嗟にああするしかなかったのよ。アンビューバッグでもあればよかったんだけど、バイクの時は軽装備だから。次からは携行するわ」

「い、いえそんな……こっちこそ、ああしてもらわなければ死んでましたから」

するとユミコは軽く頷き、そ、と短く言った。

「じゃあこれで、あの一件はお互い忘れるのよ。いいわね、とくに……私が、その」

「……泣いたこと、ですか」

うずくまって肩を震わせるユミコの背中を思い出しつつそう確認すると、途端にじろりと睨まれる。

「それよ。忘れなさい、いますぐに」

「は……ハイ」

こくこく首を縦に振りながら、ミノルはまたしても、記憶の片隅がちくりと刺激されるのを意識した。

まったく無関係な事柄なのに、イグナイターの正面からの顔と、人工呼吸という単語が脳内で結びつこうとする。

「人工……呼吸……」

思わず呟くと、即座にユミコが少々顔を赤らめつつ叫んだ。

「あのね、忘れるって言ったばっかでしょ!!」

「あっ、いえ、違います。そうじゃなくて……ほら、人工呼吸って、普通は溺れた時にするものじゃないですか。それが、あんな高いビルの屋上で……」

慌てて言い訳しながらも、考えをまとめようとする。

人工呼吸されるのは、水の事故で溺れた人間。

あるいは、自分の意志で、水に——。

「あ………、あっ!!」

叫び、がばっと体を起こしたミノルを、ユミコがぎょっとした顔で見る。

しかしその視線を意識するより早く、脳裏に浮かぶイグナイターの正面顔が、白黒の粒子でハーフトーン処理されていく。

直接見たんじゃない。写真だ。

新聞記事だったんだ。

「この男か……。間違いないか？」

八十インチのモニタに表示された、低解像度のモノクロ写真をためつすがめつ眺めてから、ミノルは深く頷いた。

「ええ……、この顔です。《イグナイター》です」

デジタル版の新聞記事を拡大したものゆえに不鮮明だが、理知的な雰囲気のある初老の男の風貌は、数時間前の記憶と細部まで合致した。

「そうか。お手柄だな、ミッくん！」

勢いよく振り向いたイサリリ教授は、手許のタブレットを覗くと、並んで立つミノルとユミコに記事の本文を要約しつつ説明してくれた。

「この男の名前は中久保洋介、五十九歳。住所は目黒区柿の木坂となっているが……ここにはもういないだろう。三ヶ月前、経営する造園工事会社が不渡りを出して、中久保は妻子と一緒に無理心中を図った。大井埠頭で、クルマごと海に突っ込んだんだ。しかし、引き上げられたクルマから見つかったのは妻と子の遺体だけで、中久保は発見されなかった。……生きていた、というわけだな……」

「三ヶ月前……」

ユミコが呟き、それを受けて教授も低く唸った。

「うむ……。微妙なタイミングだな。しかし、サードアイに寄生された後に、精神干渉をはねのけて自殺を試みたとは考えにくい。……となれば、沈みゆくクルマから脱出した後に寄生されたということになる。奴の能力も、そう考えれば説明がつく」

「え……、どういうことです？」

首をかしげたミノルに、教授が指を立ててみせる。

「サードアイは、宿主の負の心理状態……トラウマや強迫観念、欲望や執着を鋳型として、超自然的な《能力》を作り出す。たとえば、バイターこと美食評論家の高江洲晃は、子供の頃に母親の虐待を受け、本来の歯を半分以上失っていた。それゆえ、寄生したサードアイは、あの男に金属すら嚙み切る強靭な歯と顎を与えたのだ」

振り向き、モニタを見上げながら続ける。

「イグナイターが酸素分子を操るという恐るべき能力を得たのは、奴が一度水死しかけたことと無関係ではあるまい。死に限りなく近づいた瞬間の恐怖と生への執着、その心的エネルギーは凄まじく巨大なものだったはずだ。これまで我々が戦い、処理してきたルビーアイの中に、そこまで切迫した《死の恐怖》を能力源としている者は一人もいなかった……そして、恐らく我々ジェットアイの中にもな」

言葉を切り、教授は再び体の向きを変えた。

幼い指揮官は、大きな瞳でミノルとユミコを一瞬だけ見つめたが、すぐに顔を伏せてしまう。可愛らしい声が、歳に似合わぬ沈鬱さを帯びて流れる。

「……それはつまり、能力の強度だけを比べれば、特課フォワード陣の誰ひとりイグナイターには及ばないかもしれん、ということだ。これは……氷見課長の同行を要請するべきかもな……」

氷見の名を聞いた途端、ミノルはぱちくりと瞬きした。他人の記憶を封じるという彼の力は驚異的だが、戦闘には不向きなのではないだろうか。

しかし、隣のユミコはいっそう厳しい表情になるとかぶりを振った。

「いえ、それには及びません。私たちだけでやれます」

「しかし……」

懸念に満ちた教授の声を、《加速者》は断固として遮る。

「大丈夫です、次こそは仕留めます。……私、イグナイターの住所を調べてきます。何か、いまの潜伏場所の手がかりがあるかもしれませんから」

長い黒髪を翻し、ユミコは足早にエレベータ目指して歩き始めた。

「あ……ぼ、僕も行きます」

気をつけろよ、という教授の声を聞きながら、ミノルは慌ててユミコの後を追った。

地下一階で停まったエレベータを降りると、そこは薄暗い駐車場になっていた。バイター戦の時に見た黒いミニバンや、誰が乗るのか軽のオープンカーに並んで、ユミコの大型バイクも停まっている。

コンクリートの壁にハンガーで掛けられたレザージャケットを外しながら、ユミコがちらりと視線を送ってきた。

足手まといだから連れていかない、と拒否されるかと思ったが、言葉ではなくヘルメットが放られてきて、ミノルはほっとしながらそれを被った。すると続いて硬質プロテクター入りのライディングジャケットが飛んでくるので、チェスターコートをそれに着替える。

今度こそ、内ポケットにしっかりエアボンベを装着していると、ヘルメットの内蔵インカムから教授の声が響いた。

『イグナイターの旧住所、送るぞ。いま、本名その他の情報を用いて各自治体・警察・消防のデータベースを検索中だが、こっちは望み薄だ』

直後、ヘルメットのシールド右側にフルカラーの地図が表示され、ミノルを驚かせた。どうやら透明ディスプレイが組み込まれているらしい。

『……任せてくれてありがとう、教授』

ユミコが小さな声で語りかけると、

『無理はするなよ。新しい情報があったらまた連絡する』

という応答のあとに通信が切れた。

午後五時を回ったばかりなのに、新宿の街は早くも夜景に変わっていた。

明るいネオンの下を、ユミコとミノルを乗せた黒いバイクは、常識的速度の上限ぎりぎりで疾走する。

視界右下に表示されたままの地図は、目黒区柿の木坂へのルートを示している。明治通りを恵比寿まで南下したユミコは、駒沢通りへ右折すると、渋滞気味の道路をひらりひらりと駆け抜けていく。

ライディングの腕前からして、ジェットアイになる前からバイクに乗っていたのだろうかとミノルは考えたが、確か二輪の免許は十六歳にならないと取れないはずだ。ユミコはミノルと同じく高校一年と言っていたので、半年前は十六になるやならず——と言うか、それ以前に。

「……あの」

インカム越しに呼びかけると、すぐに応答があった。

『なに？』

「このバイクって、エンジンは何ccあるんですか」

『798cc』

「てことは、大型ってヤツですよね」

『そうよ』

「バイクの大型免許って……何歳から取れるんですっけ？」

『十八に決まってるじゃない』

しれっと言い放ち、ユミコはアクセルを大きく煽った。

えええぇ⁉　と叫ぼうとしたミノルの声が、加速Ｇによって喉の奥に押し戻された。

住宅地に入ってからは控えめなスピードに戻ったバイクが、とある一戸建ての前で停止したのは約十分後だった。

地図に表示されている現在地と目的地のマーカーが完全に重なっているのを確認してから、ミノルは嘆息した。

「でっかい家ですね……」

『土地だけでも軽く億を超えそうね』

というユミコの返事にも、呆れたような響きが混じる。

高い石塀に囲まれた敷地は、少なくとも百坪はあるだろう。しかし門扉の向こうに見える庭には落ち葉が積もり、手前のスロープには売り家と大書した立て札がある。

屋敷の裏手まで移動してからエンジンを停止させたユミコは、バイクから降りると高い塀を見上げて言った。

『飛ぶわよ。メットは脱がないで。監視カメラに顔が写ると面倒だわ』

「……飛ぶ、ってどういう意味ですか？」

『辞書に載ってる通りよ』

右腕をミノルの背中から脇に回すと、がっちりホールドする。

軽く体を沈め、路面を蹴る。

《加速》。

最初の飛翔で高い塀の上に降り立ち、二度目で屋敷の切妻屋根まで到達する。

ミノルを解放したユミコは、平然とした口調で付け加えた。

『自力のジャンプじゃ、せいぜいこれ位しか飛べないのよ。バイクのほうがずっと楽しいわ』

「そ……そっちは、もう堪能しました」

これじゃB級アクション映画に出てくるニンジャだよ、と思ったが口には出さず、ミノルは軽く首を振るにとどめた。

屋根から二階のベランダに降り、ユミコのポケットから出てきた奇妙な器具でガラスに穴を開けて開錠すると、二人は家の中へと侵入した。十畳ほどの部屋は寝室のようだが、ダブルベッドは底板が剥き出しで、ウォークインクローゼットも空だ。

軽く舌を鳴らしたユミコは、ヘルメットのシールドを上げると肉声で囁いた。

「こりゃ、完璧に掃除されちゃってるわね。……って、何やってるのよ」

屋内に入った直後から一生懸命空気の匂いを嗅いでいたミノルは、同じくシールドを上げながら答える。

「だって、もしかしたらイグナイターが家のどこかに潜伏してるかもしれないじゃないですか。ルビーアイの匂いがしないか、確かめないと……」

「あのね、この家は、いまはもう売り物なのよ。内覧の客だって来るだろうし、そんなとこに居座ってるわけないでしょ」

「そ、それはそうかもですけど」

頷きつつも、もう一度深々と空気を吸い込み、記憶に残る原始的な獣臭がまったく感じられないことを確認する。

「満足したら、一階に下りるわよ。イグナイター……中久保が使ってた書斎とかがあれば、何か手がかりが見つかるかも」

無音で歩き始めたユミコを追いかけながら、ミノルは首を捻った。

「あの、ルビーアイの匂いはしないんですが……それとは別に、何か匂いませんか？　こんなに綺麗に掃除されてるのに」

「そう？」

ユミコも形のいい鼻をくんくん動かしてから、顔をしかめる。

「……ほんとだ。何だろ……」

「なんだか、濡れた古雑巾みたいな……」

「掃除業者がモップでも忘れてったんじゃないの」

そんなやり取りをしながら、ドアを開けて廊下に出る。

天窓からごくかすかな外光が入り込むだけの廊下は、ほぼ暗闇に沈んでいた。湿った匂いがいっそう強くなり、ミノルはわけもなく不安を感じた。

「あ……あの……ユミコさん」

廊下の突き当たりに見える階段に向かおうとしたユミコのレザージャケットの袖を、きゅっと引っ張って止める。

「何よ？」

「……怖くないんですか？」

「何が？」

「……その……何ていうか……オバケ的なものが」

それを訊いた途端、呆れ顔で再び歩き出そうとするユミコを、もう一度引き戻す。

「あのねえ！」

「だ、だって……ここに暮らしてた家族は無理心中したんでしょう？　んで、僕らは夜にその家に忍び込んでるわけですよ。絶対出るパターンじゃないですか」

別にミノルも本気で幽霊の存在を信じているわけではないが、緊張しまくりな自分に比べてユミコが余りにも平然としているので、ついそんな主張をしてしまう。しかしユミコは、表情ひとつ変えずに答える。

「出ないわ。実在しないもの、オバケなんて」

「……サードアイは実在するじゃないですか。謎（なぞ）の宇宙生命体ですよ。しかも人間に寄生するんですよ。そんなモノが存在するのに、オバケが存在しない確証があるんですか」

「……あのね、きみ」

ユミコがヘルメットの下で柳眉（りゅうび）を逆立ててミノルを睨（にら）んだ。

「なんなの？　私を怖がらせたいの？　おあいにくさま、私はオバケが出たら速攻（そっこう）加速して逃（に）げるから怖くないわ」

「あっ……ズルイ……」

「きみも殻（から）を出せばいいでしょ。オバケを遮断（しゃだん）できるのかは知らないけど」

付き合ってられない、とばかりに歩き出すユミコを、やむなく追いかける。

全（すべ）ての窓の防犯シャッターが下ろされているせいで、階下は完全に真っ暗だった。ユミコはポケットから小型のLEDライトを取り出すと、白い光を廊下のあちこちに向ける。

「ここが書斎（しょさい）かな。書類か、パソコンでも残ってればいいけど……」

呟（つぶや）きながら、手近なドアをそっと引き開ける。中は、ユミコの見立てどおりライティングデスクとキャビネットが並ぶ書斎らしき部屋だったが、残念ながら机も棚（たな）も完全に空っぽだ。

軽く失望のため息を漏（も）らしつつ、中に一歩踏（ふ）み込んだユミコが、右手で鼻を覆（おお）った。

「……この匂い……」

続いて中に入ったミノルも、濃密に漂う異臭に息を詰まらせる。

二階でも感じた、湿った雑巾のような匂いが、ひときわ強く漂っている。しかし、ユミコの予想したモップの忘れ物は、部屋のどこにも見当たらない。

異臭の発生源を求めて書斎を見回していると、壁際に置かれた大型の空気清浄機が目に入った。どうやら最近設置されたものらしく、まだ真新しい。

「……三ヶ月経っても家が売れてないのは、この匂いが原因なのかしら。空気清浄機を置いたのは不動産屋でしょうね。まったく役に立ってないみたいだけど」

呟くと、ユミコは片手で鼻を覆ったまま、デスクの引き出しを調べ始めた。

仕方なく、ミノルもキャビネットのガラス扉を開けてみたりしたが、何も入っていないのは一目瞭然だ。

数分間、空しい捜索が続いた。

最初にその音に気付いたのはミノルだった。

「……あの」

「何かあった？」

さっと振り向いたユミコに、軽くかぶりを振ってから問いかける。

「いえ、何もないんですが……それとは別に、何か聞こえませんか？」

すると、怪訝な顔をしながらも、ユミコは耳を澄ませる素振りを見せる。

豪邸だけあって遮音性が高いようで、外部の音はほとんど聞こえてこない。耳が痛くなりそうな重い静寂を——。

……ぽちゃん。

というひそやかな水音が破った。

ミノルとユミコは、見合わせた顔を同時にひきつらせた。

もう一度、さっきより大きな音がした。

ぴちゃっ。

突然、《加速》したかのような勢いでユミコが動いた。ミノルの背後に回りこみ、がっしと肩を摑む。

「ちょ……な、何してんですか」

掠れ声で抗議すると、即座に言い返された。

「いいでしょ、きみには《殻》があるんだから！　それより、さっきのは何の音⁉　どこからしてるの⁉」

「水が垂れる音……みたいでしたけど……。どこかの蛇口が緩んでるんじゃないですか？」

「そんなわけないでしょ、売り家なんだから、ガスと水道は止まってるはずだわ」

「……なるほど」

納得し、ミノルはもう一度耳を澄ませた。

ぽちゃん。

ぴたん。

水滴が水面に落ちるとしか思えない音は、規則正しく聞こえてくる。だが方向が判らない。サードアイ保持者の鋭敏化された聴覚だからこそ捉えられる程度の、ごく微細な音量なのだ。

部屋中に満ちる饐えた匂いも忘れ、ミノルは全神経を水音に集中させた。耳ではなく、全身で空気の振動を捉える。

ぴちゃん。

「……下です」

そう囁くと、背中に張り付いたままのユミコを引き摺って、巨大なマホガニー製デスクの前へ移動する。

もしこの部屋のどこかに、地下空間への出入り口が存在するなら、それを隠せるのはこの机しかない。

ミノルは赤茶色の天板の縁を掴むと、軽く力を込めた。重い。化粧板を貼っただけの見かけ倒しではなく、本物の無垢材だろう。

とは言え、ジェットアイの筋力を退けるほどの重量ではない。腰を入れ、気合とともに数センチ持ち上げると、反対側の脚を支点に九十度回転させる。

「あ………」

背中のユミコが、短い声を上げた。

デスクの真下に隠されていた、小さなハッチが露わになったのだ。床板が正方形に切り抜かれ、金属製の引き手が埋め込まれている。

ハッチに顔を近づけると、嫌な匂いと水音が明瞭化した。

「……イヤなもの見つけるわね」

ユミコの呻き声に、

「……見なかったことにします？」

と訊き返したが、数秒経ってからため息まじりの言葉が聞こえた。

「そうもいかない……か。いいわよ、開けてみましょう。警戒、厳にね」

「はい」

ミノルは頷き、部屋に監視カメラの類がないことを確認してからヘルメットを脱いだ。ユミコに預け、ハッチに手を伸ばす。

金具を半回転させ、突き出た引き手を握ると、そっと持ち上げる。

ハッチの下の暗闇から、耐え難いほどの異臭が吹き上げてきて、ミノルは息を詰まらせた。

カビの匂いと――腐った水の匂い。間違いなく、家中に漂っていた雑巾臭さの発生源だ。

同じくヘルメットを脱いだユミコが、鼻を左手でしっかり覆いながら、ＬＥＤライトを中に向けた。

急な階段が、ほとんど真下へ伸びている。それを追った白い光が、きらりと跳ね返される。

水面。隠された地下室は、完全に水没しているようだ。

「何……これ」

ユミコが低く呟き、ライトを動かした。しかし濁った水が光を跳ね返してくるだけで、その下がどうなっているのかは解らない。

少なくとも、人が隠れていられるような場所ではないことは確かだ。ハッチから水面までは一メートルしかない。木製の階段はカビに覆われて黒ずみ、半ば腐っているようだ。

地下室の天井に結露した水滴が、水面に落ちてぽちゃんと音を立てた。

次の水滴が落ちる前に、ユミコが呟いた。

「……ねぇ、空木くん」

「……なんですか」

「私、初めてだったんだ」

「……なにがですか」

「キス」

そのあまりにストレートな物言いに込められた意図を察し、ミノルは慌てて抗弁した。

「あ、あれはそういうんじゃなくて、非常時の救命処置で……そもそも、忘れろって言ったのはユミコさんじゃないですか」

「乙女心って、そんな簡単に割り切れるもんじゃないよね」

これには、ぐっと押し黙るしかない。

排気量８００ccの大型バイクをかっ飛ばしたり、スカートの中にスタンバトンを隠してる乙女なんかいるもんか。

という反論を呑み込み、ミノルはかくんと首を落とした。

「……解りましたよ、行きますよ」

するとユミコは、表面上は純粋に見える笑みを浮かべ、囁いた。

「そう言ってくれると信じてたわ。さすがは私がファーストキスを捧げた……」

「それはもういいですから！　ライト貸してください」

言葉を遮り、ＬＥＤライトをひったくると、ため息まじりに注釈する。

「……殻を出すと、声でのやり取りはできなくなります。もし中で何かあったら、ライトを点滅させますんで……」

「うん。その時は、誰かの助けを呼ぶわ」

「…………」

どこまで本気なのか、もう一度微笑むユミコを横目で見ながら、ミノルは内心で呟いた。

……僕だって、初めてだったんだ。

そして、ハッチから立ち上る臭気を吸い込まないようにして深呼吸すると、ぐっと息を止め、殻を展開した。

あれほど静かだと思えた屋敷の中ですら、様々な雑音に満ちていたことがはっきり解るほどの静寂がミノルを包んだ。しかしすぐに、どこか遠くからごおん、ごおんという重低音が伝わってくる。殻を出した時は必ず聞こえる音だが、その正体はいまもまったく解らない。

殻に弾き飛ばされないよう掌に包み込んだライトを下に向け、意を決して、ミノルは急な階段を下り始めた。

青く変調した光の中で、階段の踏板はぬるぬると光っていかにも滑りやすそうだ。しかしスニーカーの底は、殻越しにしっかりと板を捉える。

四歩目で、左足が水面に沈んだ。

濁った水が不可視の障壁に押しのけられるのを確認しながら、ミノルは水没した地下室へと慎重に歩を進めた。水面が腰に達し、胸を越え、顔に迫る。

全身が水に呑まれても、不思議なことに浮力はまったく発生しない。水に沈むのではなく、水分子の間をすり抜けるような感覚を味わいながら、水の中を降下し続ける。

階段は、予想よりも長かった。ようやく辿り着いた床面は、入り口から五メートルは低いと思われた。水の濁りはますます酷くなり、高輝度LEDライトの光を阻む。

ミノルは、右手をまっすぐ突き出しながら、慎重に前進を開始した。

数歩進むと、行く手に木製の棚らしきものが出現した。しかし、本棚にしてはやけに仕切りが細かい。一辺十センチほどしかない正方形が、ぎっしりと並んでいる。その一つに、古めかしいガラス瓶が納まっているのを発見し、ミノルはようやくこの地下室の本来の用途を悟った。

ここは、ワインセラーなのだ。温度変化や光に弱いワインは、こんなふうに地下に保存することもあると何かで読んだ。

しかし、セラーの主役であるはずのワインが、棚にほとんど残っていない。恐らく、負債の穴埋めをするために、あらかた売却されてしまったのだろう。それは解るが、しかし——。

なぜ、水没しているのだろうか。

壁から地下水でも浸み出したのか。しかし、ワインセラーならば厳重に防水工事をしているはずだ。逆に言えば、だからこそ溜まった水が引いていないのだ。

ミノルは手がかりを求め、上下左右にライトを動かした。

答えは、床面近くに沈んでいた。

光の中に浮き上がる、鮮やかなブルーの曲線。束ねられた水撒き用のホースが、蛇のようにとぐろを巻いている。ほどけば十メートルはあるだろう。

これを使って、一階の洗面所かどこかからワインセラーに水道水を流し込んだに違いない。総量何千リットルになるのか見当もつかないが、ともかく地下室が天井近くまで水没するほどの水を。

しかし、それが解ったところで、根本的な謎は解けない。

なぜこのワインセラーの主、すなわちイグナイターは、そんな真似をしたのだろうか。

地下室に水を流し込むには、家の水道が使えなくてはならないのだから、少なくとも三ヶ月前の出来事であるはずだ。ならば、イグナイターがルビーアイになる以前……造園会社社長の中久保洋介だった頃にしたことなのか。

水中に立ち尽くしたまま懸命に考え続けるミノルの右肩を、背後から誰かが叩いた……気がした。

「……すいません、ちょっと待ってください」

呟き、考え続ける。中久保は、ワインセラーを水没させてから、入り口のハッチをデスクで隠し、その後に家族と無理心中しようとした。しかし、自殺しようという人間が、そんな真似をする合理的な理由があるとは思えない。

ならばやはり、これは入水自殺から生還し、ルビーアイとなったイグナイターが行ったことなのか。水道も、家主の失踪直後ならまだ生きていた可能性はある。

再び、肩が叩かれた。

――――え？

「だから、いま大事なことを考えて……」

ミノルは硬直した。

ユミコのわけがない。ここは深さ四メートルの水底なのだ。

「…………」

息を呑み、両眼を見開きながら、ミノルはゆっくりと振り向いた。

ＬＥＤライトの光の中に浮かび上がったのは――真っ白く膨れ上がった、死人の顔だった。

ぶよぶよの皮膚に埋もれた両眼が、灰色の瞳で至近距離からミノルを見た。

「ギャ――――――」

という絶叫が、殻の内部に響き渡った。

11

ユミコが淹れてくれたカフェオレのマグカップを両手で包み込み、ようやく人心地がついたミノルは、胸に溜まっていた空気を深く吐き出した。

特課本部に帰還してから403号室でシャワーを使わせてもらったのだが、骨の髄まで沁み込むような寒気はなかなか消えなかった。それも当然だ。地下室で発見した死体を、殻越しに担いで一階まで引き上げ、殻を消して写真を撮り、指紋を採取し、上着とズボンのポケットまで探ったのだから。

そのあいだ、ユミコはずっと部屋の外に逃亡していたことを考えれば、カフェオレ一杯では釣り合わない。

少々甘すぎる液体をちびちび啜りつつ、ミノルはじとっとした視線を隣に向けたが、ユミコは素知らぬ顔でイサリリ教授の操るコンピュータのモニタを覗き込んでいる。

「……ビンゴ！」

ぱちん、と教授が小さな指を鳴らした。

死体の指紋を警察の指紋照合システムで検索していたのだが、ヒットがあったらしい。ミノルもとりあえずユミコへの視線照射を中断し、モニタを見た。

映し出されたのは、なかなか見栄えのいい、若い男の顔だった。

「えっ……これが、あの遺体の人ですか？」

思わずそう呟くと、教授は即座に頷く。

「間違いない。死体はふやけて人相が変わっているが、指紋だけでなく耳の形も一致する。長期間冷たい水の中にあったので、腐敗せずに死蠟化したんだな」

小学四年生の可愛らしい声で死体の解説を聞かされる違和感に耐えながら、ミノルは問いを重ねた。

「で……これは、誰なんです……？」

「中久保グリーンアース……つまりイグナイターが社長をしていた造園会社で、経理を任されていた男だ。名前は須加綾斗、二十九歳」

「自分の会社の社員を殺した、ってことですか？」

「そうだ。須加は八ヶ月前に会社を懲戒免職になり、同時に業務上横領で告訴されているな。会社の金を一千万円ほど着服したらしい。指紋がＡＦＩＳに登録されているのはそのせいだ。しかし弁護士がやり手だったのか、判決には執行猶予が付いた。会社が傾いたのがこの須加のせいなのだとすれば、社長の中久保に恨まれるには充分な理由だと言えるな」

すらすらと解説しつつ、教授はマウスを次々にクリックした。画面上に新たなウインドウが開く。今度は、住基ネットのデータを覗き見しているらしい。

「須加は独身で、両親もすでに他界している。捜索願いも出ていないな。……つまるところ、生還したイグナイターが復讐のために須加を殺し、死体を自宅の地下室に隠した、ということになるのかな……」

「じゃあ、イグナイターの居場所に繋がる情報はないってことですか？」

失望の滲む声でユミコが呟く。がっかりしたのはミノルも同じだった。あんな恐ろしい思いをしたというのに、手がかりゼロとは少々遣り切れない。

しかしすぐに、決して徒労じゃない、と自分を戒める。

この須加という男も、殺された理由はどうあれイグナイターの犠牲者の一人なのだ。何ヶ月も隠されていた死体を見つけられただけでも、甲斐はあったと思うべきだ。あんな暗い水中に沈んだままでは、成仏もできやしない…………。

「水中…………」

ミノルは、我知らず自分の思考の一部を口に出した。ユミコと教授が、怪訝そうに視線を向けてくる。

「何か気になることでもあるのか、ミッくん？」

「あ、いえ、大したことじゃないんですが……なんで火じゃなくて水なんだろう、って。いままでイグナイターの手にかかった人の死因は、タクシーの運転手さんを別にすれば、例外なく焼死なんですよね？」

「確かにそうだ……」

ミノルの疑問に、教授は小さく首をかしげたが、すぐに答えた。

「死体を隠したかった、というのが合理的な推測だな。人ひとりを焼き尽くすには灯油換算でおよそ八十リットルもの熱量が必要だ。それほど巨大な炎を、東京都心で人目に触れさせないようにするのは難しいだろう。煙も大量に出るしな……。実際、いままでのイグナイターは、バイターと違って犠牲者を隠そうとしたことは一度もない。ではなぜ、須加の死体だけは隠したかったのか……」

白衣の腕を組み、瞑目する。

わずか一秒後、ぱちりと音がしそうな勢いで瞼を開くと、教授は断言した。

「殺した理由が、復讐やデモンストレーションだけではないからだ」

「え？」

「はい？」

揃って聞き返したミノルとユミコに背を向けて、教授は更にマウスをクリックした。

表示されたのは、なんと電力会社の顧客データだった。どうやらこの特課本部は、個人情報保護法とは無縁の場所であるらしい。膨大なリストを手早く抽出した教授は、再びパチンと指を鳴らした。

「やはりな。殺された須加は、今月も自宅の電気代を払っている。しかも自動引き落としではなく、コンビニ払いだ」

「え⁉　でも、須加が死んだのは何ヶ月も前……」

そこまで口走ってから、ミノルはようやく教授の言わんとするところに気付いた。

「あ……もしかして、実際にその電気代を支払ってるのは……」

「そうだ、イグナイターだよ。イグナイターこと中久保は須加を殺し、死体を隠蔽して、その社会的身分を乗っ取ったのだ」

数秒続いた沈黙を、ユミコが破った。

「でも、そんなこと、簡単にできるのかしら」

「簡単ではないな。だが須加は独身で、しかも警察に拘留され、会社も消滅して、生活環境がリセットされているわけだ。年齢をごまかして身分証を再取得できれば、成りすますことは不可能ではあるまい」

再び住基ネットを含む幾つかのデータベースにアクセスしてから、教授は強い口調で言った。

「やはりな。三ヶ月前、住基カードの新規発行手続きが行われている。しかも……驚いたな、クレジットカード会社のデータによれば再就職までしているぞ。《有明ヘヴンズショア》……なんの会社だこりゃ」

「あれっ、知らないんですか教授」

途端、ユミコが驚き顔になる。

「たぶん同じ学校の子たちは全員知ってますよ。今年お台場（だいば）にオープンしたウォーターパークです。完全屋内型で、冬でも中は常夏（とこなつ）っていう……」

「知らなくて悪かったな」

可愛（かわい）らしく唇（くちびる）を尖（とが）らせ、教授が拗（す）ねたように言い返す。

「こちとら、公式には不登校の問題児だ。このあいだ、クラスの連中から『早く元気になって学校にきてね』的な手紙がごっそり届いたぞ。何なら二、三通朗読（ろうどく）してやろうか、ん？」

「か、勘弁（かんべん）してください」

ぷるぷる首を振（ふ）ったのはミノルだった。かつて同様のモノをもらった経験がある身としては、文面を想像しただけで冷や汗が出る。

「それより、これでイグナイターの現住所も判（わか）ったんですよね？」

「うむ。須加名義で賃貸している、江東（こうとう）区豊洲（とよす）のマンションだ。だが……自宅に突入（とつにゅう）するのはリスクが高いな……」

「リスク？」

首をかしげるミノルに、ユミコが解説した。

「ルビーアイは、潜伏（せんぷく）場所を強襲（きょうしゅう）された時のために、何らかの備えをしていることが多いの。当然よね、私たちもしてるんだから」

「え？　この本部に……どんな備えが？」

「その時が来れば解るわよ。ともかく、ヘタするとマンションの住民全員巻き添えってことになりかねないの。ただでさえ、イグナイターの能力は広範囲タイプだし」

ユミコの説明を、教授が引き継ぐ。

「ゆえに、狙うのは移動中が望ましいな。遠距離から監視し、周囲に人通りがなくなったところを攻撃したいが、それもなかなか簡単ではない……あ、いや、待てよ」

教授の操作で、ブラウザが次々に切り替わる。今度は、勤務先のネットワークに侵入したようだ。

「イグナイターが名前を乗っ取った須加綾斗は、その有明へヴンズ何とかいうテーマパークに清掃員として採用されている。勤務時間は、水曜日から日曜日が八時から十六時まで、月曜日が二十二時から翌朝六時まで……今日は月曜だから夜勤のはずだ。そして園内にはその時間、わずかな警備員と清掃員しかいない」

「決まりね」

ぐっと右拳を握り締めながら、ユミコが言った。教授も頷く。

「今夜、勤務先で急襲しよう。テーマパークの監視カメラ網に侵入し、映像でイグナイターの所在を特定。ひとりになったところを包囲、速やかに無力化する。作戦開始時間は午前一時、出動メンバーはユッコちゃん、DD、オリビー……」

「ぼ……僕も行きます」

酸欠攻撃への恐れを振り払ってそう宣言すると、教授とユミコは揃ってミノルに眼を向け、しばらくして同時に頷いた。

「よかろう。となれば、まずはしっかり晩ご飯を食べないとな」

「いまからＤＤに作らせてたら仮眠の時間もなくなっちゃうわね。と言って冷凍ピザじゃ士気が上がらないし」

再び、無言の凝視。

「……わ、解りました。でも、味の保証はしませんからね」

何だか、この組織でのポジションが嫌な方向に固まりつつあるような……などと思いつつ、ミノルは体を起こした。

大部屋の反対側にあるキッチンへと移動しながら、胸の奥のほうに、溶け切らない違和感が小さな塊となって残っていることを意識する。

昼間、池袋の路上で一瞬目撃したイグナイターの素顔と、あの水没したカビだらけの地下室、そしてテーマパークの従業員という職業が何となくぴたりと嵌らない。ジグソーパズルの凹凸が、ほんの少しズレているようなもどかしさ。

しかし、ドイツ製冷蔵庫を開けた途端、溢れ出さんばかりの食材群に眼を奪われてささやかな違和感を忘れる。どうやらＤＤが中身を補充したばかりのようだ。さっそく、レパートリーと食材のマッチング作業を開始する。

——簡単に作れて、元気が出るメニューならチャーハンかな。野菜をいっぱい使った五目あんかけチャーハンに、卵スープもつけよう。

タマネギやニンジンやチャーシューを次々に取り出しながら、ミノルは料理の段取りに意識を集中した。

＊＊＊

須加綾斗、または中久保洋介、もしくはイグナイターの名を持つ男は、曇りひとつなく磨き上げられた仕切りガラスの輝きに満足し、脚立の最上段から無造作に飛び降りた。

硬いタイルの上にすとんと着地すると、右手に清掃用具一式の入ったカゴ、左手に五段の脚立を握ってひとつ隣のガラスへと移動する。

右下にクリーナーの泡を吹きつけ、マイクロファイバーの磨き布で丁寧に拭う。昼間の喧騒が嘘のように静まり返った施設内に、きゅっきゅっという音だけが響く。月曜深夜の特別清掃を嫌う同僚は多いが、中久保はこの時間が嫌いではない。

かつては富裕層の豪邸や商業施設のエクステリアデザインを手がけていた一級造園施工管理技士の中久保洋介が、いまは須加綾斗などという軽薄な名を名乗り、這いつくばって遊園地のガラス磨きをしていることへの自嘲の念はなくもない。しかし、球体を右手に宿してからというもの、造園士時代のことはほとんど思い出さなくなっている。

もとより綺麗好きで掃除は苦にならないし、球体によって強化された肉体は、どれほど酷使しても筋肉痛にさえならない。それに、所詮いまの名前や身分は仮のものだ。本当の自分は、テーマパークの清掃員ではなく汚濁した人間文明の浄化者なのだから。そう考えれば、意外に相応しい職業だとも言えるのではないか。

こけた頬に深い笑い皺を刻み、中久保は一歩下がると、磨き上げたばかりの仕切りガラスを眺めた。

しっとりと艶を帯びた鏡面に映る自分を、じっと凝視する。

中久保という名で五十九年生き、生まれ変わって須加と名乗り、赤の組織と黒の狩人からは発火者と呼ばれる存在。だが、そう遠くない未来――能力が次のステージへと達した暁には、あらゆる人間どもが適切な呼称を口にするようになるだろう。

浄化者、と。

「く……くく」

来るべき新世界を想像し、中久保は低く含み笑いを漏らした。

その日は近い。酸素を操るという究極の力を更に進化させるために、この職場を選んだのだから。ここには、交感すべき酸素が大量に、高密度に存在する。

いつか、この麗しく誇り高い第16族元素たちを全て、人間の汚れた手から解放してみせる。

愚民どもの、一切の燃焼行為を禁じるのだ。例外はなし。

火力発電？　ＮＯ。

ガソリンエンジン？　ＮＯ。

ゴミの焼却？　ガスヒーター？　煙草？　ＮＯ、ＮＯ、ＮＯ。

呼吸？

「……もちろん、ＮＯだ」

くっくっく、とひとしきり笑ってから、中久保はガラス磨きに戻った。移動させた脚立に軽々と登り、上端から汚れを拭っていく。

単純作業を再開すると高揚感は薄れ、頭の片隅にかすかな懸念が浮かんだ。

《黒》の一人に顔を見られた。

そのことが、いまの偽装生活を破綻させる端緒になり得るだろうか？

三ヶ月前に起こした無理心中事件を、新聞一紙だけが顔写真入りで報じた。もしあの黒がそれを読み、写真を記憶していれば、中久保洋介の名前に辿り着くことは有り得る。

となれば、奴らは目黒の家に調査に入るかもしれない。書斎のデスクで隠したワインセラーへの入り口を発見し、水中を調べれば、須加綾斗本人の死体にも気付くだろう。

やはり、死体を家に残しておいたのは無用心過ぎたのだろうか。

しかしあの最低の愚か者にして裏切り者を、ただ殺すだけではとても収まらなかった。当時の能力でも時間をかければ骨まで焼き尽くすことは可能だったろうが、あんな人口密集地では炎や匂いを隠しおおせるものではないし、車は大井埠頭で水没させてしまったので死体を運ぶこともできなかったのだ。

ゆえに、いつかあの屑に相応しい浄化をくれてやるべく、深い水底に封じた。

もうすぐ。薄い殻をあと一枚破れば、力は新たな段階へと達する。いまこの瞬間も感じるのだ。自分と交感したがっている、大量の酸素たちの意志を。

問題ない。身分の偽装もあとしばらくは保つはずだ。

死体を発見したところで、黒どもも、死んだはずの須加綾斗が生活していることにそう簡単には気付けないだろう。一週間でいい。それだけあれば、予定した数の人間を燃やし、この汚れた都市に浄化のサインを刻みつけてみせる。

――そして、私は進化する。真の力に目覚めるのだ。

中久保は懸念を振り払い、もう一度低く笑った。

それはすぐに、かすかな鼻歌へと変わった。

さーんそ、さんそ。

＊＊＊

仮眠できたのはほんの三時間程度だったが、スマートフォンのアラームに起こされた時には、疲労はすっかり消えていた。

特課本部の地下駐車場で、他のメンバーが下りてくるのを待ちながら、ミノルはそっと指先で唇の端の絆創膏を撫でた。体は軽く、思考も明晰だが、しかしいまも残るわずかな痛みと、それに付随する記憶だけは残念ながら消えてくれなかった。

夕食の席で、ミノルはどうしても斉藤オリヴィエの目を見られなかった。向こうは、ミノルが作った五目あんかけチャーハン特盛りを物凄い勢いで平らげたし、どこか悔しそうなDDを散々からかったりして、もう昼間の一件はまったく気にしていない様子だったのだが。

隣に座ったユミコが、ひそひそ声で『忘れなさいよ』と言ってくれたが、それで忘れられるような剛胆さは持ち合わせていない。結局ミノルは食卓では一度もオリヴィエと話せず、当然謝ることもできず、こうして出動直前までうじうじ悩んでいるというわけだ。

――覚悟がねーから他人事に思えるんだ。

パンチの痛みだけでなく、オリヴィエの言葉も鮮やかに思い出せる。

覚悟が足りないことは、もとより自覚している。特課に参加した動機は、人類を守りたいという崇高なものではまったくなく、氷見課長の能力で周囲の人々から自分の記憶を消してほしいというひどく利己的な代物なのだから。

しかし、他人事に思える、というひと言は、ミノルの心の深いところを容赦なく抉った。

――僕はこれまで、ジェットアイとして与えられた能力で、誰かを助けたい、守りたい、と真剣に思ったことが、一度でもあっただろうか。

その自問に対する答えは、恐らく《否》だ。

バイターに襲われた箕輪朋美を守ろうとした時や、攫われた義姉の典江を救出しようとした時ですら、《あとで嫌な思いをしたくないから》という動機が大部分だった気がする。

コンビニで、所持金が数円足りなくて困っていた小学生を、下手な芝居をしてまで助けた時とまったく同じだ。あくまで、自分のため。自分の記憶を後悔で汚したくない、ただそれだけのため。

だから、仮に誰かを助けられなくても、それが自分のせいでさえなければどうでもいいのだ。

それが、空木ミノルという人間だ。

オリヴィエに殴り飛ばされた後も、心のどこかでは、タクシーの運転手を殺したのはイグナイターであって僕のせいじゃない、と思い続けているんだ……。

――なら、あの事件も、きみのせいじゃないのかい？

誰かが、ミノルに問いかける。

——父さんが、母さんが……そしてワカバ姉さんが殺された時、ただ床下で震えていることしかできなかったきみには、何の責任もないのかい？

駐車場の冷たいコンクリートの壁に寄りかかり、ミノルは必死に抗弁する。

——だって、僕はまだ小学二年生だったんだ。隠れているだけで精一杯だったんだ。姉さんが大丈夫だって言ったんだ。だから僕は一生懸命数をかぞえて、そしたら怖い足音が聞こえて、もっと数をかぞえて、かぞえて、いつまでもかぞえて………

「……うあああ‼」

押し殺した声で叫び、ミノルは思考を無理やりに遮断した。ぶつん、と頭の奥でスイッチが切れて、空疎な暗闇だけが広がる。

自分がいつの間にか防御殻を出していたことに気付いたのは、奇妙な重低音が耳に届いたからだった。機械のものでも、生物のものでもない響き。匂いのない空気。色のない光。

誰もいない世界。

ミノルはコンクリートの柱の陰でうずくまり、膝を抱えた。

瞼を閉じる寸前——。

ミッドカットのスニーカーが、すぐ前の床を踏むのが見えた。

顔を上げると、ライダージャケットをブレザーの制服に着替えたユミコが、眼光鋭く立っていた。唇が動き、聞こえなくともミノルはユミコの言葉を察した。

出てきなさい。

「……いやです」

殻の内側でそう呟き、ミノルは顔を伏せようとした。

するとユミコは、目の前にひざまずくと、華奢な右手をきつく握り、大きく振りかぶって。

ミノルの左頬めがけて、思い切り突き出してきた。

ぴしっ。

と弾けるような感覚が頬を叩いた。

ユミコの拳は、腕が伸びきったところで止まっていた。肩と肘の靭帯の悲鳴が聞こえるほどの、手加減のまったくないパンチだった。

「な………」

ミノルは喘ぎ、続けて喚いた。

「何考えてるんですか！　殻の解除がコンマ秒遅かったら、いま頃……」

「私の右手はぶっ壊れてたわね。でも、そうはならなかった」

ユミコは微笑み、広げた掌でミノルの頬に触れた。ぎょっと見開くミノルの眼を覗き込み、至近距離から囁く。

「ねえ、空木くん。きみ、この前、嫌われるって言葉の意味をほんとうに知ってるのか、って私に訊いたわね」

「答えは、イエスよ。知ってるわ。私は知ってる」

表情は穏やかだったが、その声には鋼のように張り詰めた響きがあった。言葉を失ったミノルの眼前で、ユミコは膝立ちのまま、突然プリーツスカートをたくしあげた。

制服姿の時はいつも穿いている、黒のニータイツがその上端まで露わになる。薄暗い駐車場の照明の下でも、眩いほど白い太腿の肌から、ミノルはさっと眼を逸らそうとした。しかし。

「見て」

呟きながら、ユミコは右脚のニータイツを、足首まで一気に下ろした。

「…………!!」

ミノルは息を呑んだ。

形のいい膝小僧のすぐ上に、恐ろしいほど長く、大きな傷跡があった。ケロイド状の瘢痕と、それを横切る縫合痕。

「私ね、ジェットアイになるまでは、杖なしじゃ歩くこともできなかったの」

微笑みを絶やさぬまま、ユミコが言った。

「この傷を作ったのは、中学の陸上部のセンパイ達。木刀と鉄パイプで、膝関節がぐずぐずになるまで殴られたわ。私があの人たちより速くて、態度が生意気だったからっていう、それだけの理由でね」

嫌われる、などという生易しい言葉ではとても足りない。

ユミコがその身で受け止めた憎悪の凄まじさが、縫合の針跡ひとつひとつから滲み出ているかのようだった。

ミノルも、荒川土手で五年もランニングを続けているから解る。ランナーにとって、自分の脚は、長年かけて鍛え、磨き、育ててきた何より大切な宝物だ。ちょっとの怪我でも、もし治らなかったらと考えて、物凄く不安になるのに――。

ミノルは、掠れきった声を絞り出し、訊ねた。

「……なぜ……」

「ん？」

「どうして、こんな目にあったのに、まだ他人を信じられるんです。どうしてさっき、僕が殻を解除すると信じられたんですか。何の根拠もないのに」

ユミコはしばらく何も言わなかった。

無言でニータイツを元通り引き上げ、スカートの乱れを直してから、ミノルの前で膝を抱えて座る。

同じ高さになった視線をまっすぐ合わせて、ユミコは答えた。

「もう、他人じゃないからよ」

強い光を湛える瞳から逃げるようにミノルは俯いた。

「……解りません。僕には解らない。僕は、あんなに大好きだった両親と姉さんを見殺しにしたんだ。つまり、僕にとっては、自分以外のあらゆる人間は他人なんです。生きようと死のうとどうでもいい存在なんです。なら……関係を築く意味なんて、どこにあるんです。最後には必ず裏切るのに」

注がれる眼差しや息遣いといったユミコの気配から、ミノルは憐憫の念を強く感じ取った。

いっそう深く俯き、膝を抱え込みながら、ミノルは呟いた。

「……もう、いいです。僕はあなたほど強くなれない。この世界に、他人じゃない誰かがいるなんて、信じられない」

「そうね」

地下駐車場の冷え切った空気を、ユミコの声が小さく揺らした。

「私も正直、きみみたいな人、好きにはなれないわ」

いっそう頑なにうずくまるミノルの両肩を——。

ぎゅっと二つの手が摑んだ。

「それでも、私はきみを信じるよ。倒れた私を助けるために、バイターに飛びかかっていったきみをね」

その声に重なって、エレベータの作動音が低く響いた。

不意に、柔らかな感触と、甘い匂いがふわりとミノルを包んだ。

一瞬だけ抱き締められたのだと気付いたのは、立ち上がったユミコが、黒いミニバンのほうに歩き始めた後だった。

十二月十七日火曜日、午前零時。

ＤＤが運転するミニバンは、東新宿の特課本部を出るとまず北に向かい、護国寺インターで首都高に乗った。

都心を南東方向へと横断し、箱崎ジャンクションで九号深川線へ。辰巳ジャンクションから湾岸線に入り、有明出口で下りる。

有明へヴンズショアは、ゆりかもめ有明テニスの森駅の西側に建設された超大型ウォーターパークだ。完全屋内型の施設がウリで、真冬でも水着でリゾート気分が味わえる――らしい。ミノルはもちろん、行ったことも見たこともない。

高速を下りたミニバンがその先の交差点を右折し、しばらく走ると行く手に黒々と横たわる建造物のシルエットが見えてきた。

出撃前のミーティングで施設概要は頭に叩き込んできたが、実物を目にするとやはり巨大だ。面積は二百メートルかける三百メートルと、東京ビッグサイトの東ホール全部に匹敵するほど大きい――というのはオリヴィエの言葉で、ミノルには実感できなかったが。ともあれ、その巨大ウォーターパークの中から、人ひとりを隠密裏に探し出さねばならないのだ。

現在、パークの監視カメラ網に侵入した教授が映像からイグナイターを探しているはずだが、いまだに発見の報はない。

「いっそパークの真ん中で力を使って、わざと匂いに気付かせて炙り出したほうが早かねーか？」

何が入っているのか、長い釣り竿ケースを抱えたオリヴィエが助手席でそうぼやくと、隣のDDが首を振った。

「イグナイターは、そんな見え見えの罠に引っかかるような相手じゃないぜ。国家資格持ちなんだから、頭の良さならこれまで戦ったルビーアイでもトップクラスだろ」

「まあなー、なんせ元社長サンだからな」

フンとオリヴィエが鼻を鳴らすと同時に、ミニバンは速度を落とし、路肩に停止した。

カーナビの時計は、午前零時五十分を指している。周囲の埋立地にはまだ空き地が多いので、エンジンが切れた途端、東京都心とは思えないほど濃密な静寂が訪れた。

右側に延々と続くフェンスの向こうに、楕円形のドーム型施設が横たわっている。屋根から突き出す透明なチューブはウォータースライダーか。昼間はさぞかし賑わっているのだろうが、いまはあたかも太古の遺跡のような静けさだ。

不意に、左耳に装着した超小型インカムからクリアな音声が響いた。

『到着したようだな。済まんが、まだイグナイターの居所は特定できない。だが勤務中なのは確認した、もうしばらく車で待機してくれ』

　イサリリ教授の指示に、ＤＤが応答する。

「了解ッス。……っと」

　不意に身を乗り出すと、少し開けた窓に向けて鼻をひくひく動かす。

「待ってください。ごく……ごく微弱ですが、いま、奴の匂いが……」

　車内に緊張が走った。教授の声もまた、鋭さを増した。

『イグナイターを感知したのか。この瞬間、力を使っているということか？』

「いえ……それにしては、匂いが弱すぎる……。——だめだ、詳しい位置までは掴めません。施設の南東エリア、だと思うんですが……」

『よし……いちかばちか、そのエリアのカメラをこちらで操作して奴を探す。少し待て』

　緊迫した沈黙が、三十秒以上も続いた。

『……いたぞ！　間違いない、イグナイターだ。だが……これは、何をしているんだ……？』

　訝しげな教授の声は、すぐに張り詰めた指令へと変わった。

『いや、移動する前に叩こう。いいか、奴の現在地は《ココ・アイランド》というエリアの中央だ。付近に適当な入り口がないので、オリビーが外壁を切断して侵入口を確保。四方向から接近し、包囲しろ』

「了解ッス！」「ラジャッ」「了解」

DD、オリヴィエ、ユミコの鋭い返事に続いて、ミノルもどうにかまともな声で応答した。

「りょ、了解です」

左手で、学生服の内ポケットに入れた小型ボンベの感触を確かめる。

《防御殻》が、イグナイターの酸素操作能力をも遮断し得るのかどうかはまだ未確認だ。しかしそれを確かめる機会は、恐らくもうないだろう。敵の姿が視認できたその瞬間、ユミコが突進し、スタンバトンもしくはナイフで無力化する手はずだからだ。

今回、僕の出番はたぶんない。だから、怖がる必要もないんだ。

自分にそう言い聞かせ、ミノルはユミコに続いて車から降りた。


青く塗られたフェンスを乗り越えると、その向こうは広大な駐車場だった。もちろんいまは白いラインが果てしなく続くのみで、停まっている車はほとんどない。

DDは再び鼻から空気を吸い込むと、さっと一方向を指差し、走り始めた。黒いジャージの上下に迷彩柄のベストを着込んだ小柄な体が、ほとんど揺れずに無音で疾走していくさまは、まるでニンジャ映画のようだ。

そのあとを、ロッドケースを肩に掛けたブレザー姿のオリヴィエと、同じく制服のユミコが並んで走り、最後尾のミノルも極力足音を殺しながら懸命にダッシュした。

十秒足らずで駐車場を横切り、巨大ドームの外壁に張り付く。

スマホの地図を確認したＤＤが、壁の向こうを指差した。

「目標がいるココ・アイランドは、この壁の先三十メートルだ。ここから中に入ろう」

ここからと言っても、目の前には分厚いコンクリートの壁があるだけだ。ミノルが首をかしげていると、おいーす、と緊張感のない声とともにオリヴィエが進み出た。

ロッドケースのジッパーを半分ほど引き下げ、手を突っ込む。

中から出てきた、釣り竿ではないモノを見て、ミノルはぎょっと両眼を見開いた。

剣だ。

しかも、木刀でも日本刀でもない。銀の飾りを施した黒い鞘から同じく銀色の柄が伸びる、西洋風のいわゆる《ロングソード》そのものだ。

唖然とするミノルの隣で、ユミコが呆れたように囁いた。

「……あんた、そんなもんどこで買ってきたの」

「こないだ鎌倉に出張した時、武器屋でちょっくら」

にやりと笑って、日仏ハーフの美青年は右手で剣の柄を握った。

じゃりぃぃん！　という威勢のいい金属音とともに抜き放たれたのは、鏡のように輝く銀色の刀身だった。どう見ても、単なるオモチャではない。

「もっと静かに抜けよ‼」

「この音がいいんだよ‼」

DDとひとしきり言い合いをしてから、オリヴィエは右手の重そうな剣を軽々と振りかぶり——。

ひゅひゅん、と目にも留まらぬ速度で閃かせた。再びジャッと音をさせて剣を鞘に収め、振り返る。

灰色の壁は、どんなに眼を凝らしても傷ひとつついていないように見えた。しかしDDが、ウエストポーチから取り出した取っ手つき吸盤を貼り付けて引っ張った途端、ずずっと八十センチ四方もの塊が引き抜かれる。

切断面の、恐るべき滑らかさにミノルは息を呑んだ。壁の厚みは、コンクリートと断熱材と内張りを合わせれば二十センチを超え、しかも太い鉄筋が縦横に走っているのに、断面はまるで磨かれたような光沢がある。

「あ…………」

同じような驚愕を先週の金曜日に味わったことを思い出し、ミノルは低く声を漏らした。

ガラスシャーレの中に入っていた、バイターの歯。教授がピンセットで押した途端、鏡の如き切断面を見せて二つに割れたのだ。

あの歯は、特課のジェットアイが持つ能力によって切断されたのだ、と教授は言っていた。対象物の分子間力を操作し、究極的に滑らかな切断面で断ち切るというその能力者のコードネームは、確か——。

「……じゃあ、オリビーさんが《分断者(ディバイダ)》だったんですか……」

ミノルが呟(つぶや)くと、美青年は眼鏡(めがね)を光らせてポーズを取った。

「……またつまらぬ物を切ってしま」

「そういうのいいから」

ユミコがガスッと脇腹(わきばら)に一撃(いちげき)浴びせると、オリヴィエは苦悶(くもん)の表情で押(お)し黙(だま)る。その隣(となり)で、DDは巨大(きょだい)なコンクリート塊(かい)をそっと地面に置き、吸盤(きゅうばん)を外してポーチに仕舞(しま)う。

「よし、っと。――ここから先は、力を使うと奴(やつ)に気取られる。能力なしで接近、包囲し、不意打ちで決めよう。初撃(しょげき)はユミコちゃん。バックアップは……きみに頼(たの)むよ、《孤独者(アイソレータ)》」

「え……」

どくん、と心臓を跳(は)ねさせるミノルを横目でちらりと見て、オリヴィエが言った。

「オレの能力は、イグナイターとは相性がわりーんだ。何せ酸素は斬(き)れねーからな。ミッくんの殻(から)のほうが効果あんだろ」

ずい、と一歩近づくと、長身の剣使いは左腕(ひだりうで)をがしっとミノルの首に回し、囁(ささや)いた。

「ブン殴(なぐ)られたのが悔(くや)しかったら、根性見せろよ」

ミノルはしかし、何も答えられなかった。

――見せようにも、根性だの覚悟(かくご)なんて、持ち合わせてないんです。

内心でそう呟いていると、再びユミコがぐいっとオリヴィエの制服を摑(つか)んで引き離(はな)した。

「なに無用のプレッシャーかけてんのよ。私が一発で決めるから、バックアップなんて要らないわ。アイツは、私の獲物なんだから」

低い声でそう言い切り、ユミコは体を屈めると、するりと四角い穴の向こうへと消えた。

DDとオリヴィエが後を追い、ミノルもまた穴の鋭いエッジに服を引っ掛けないよう気をつけながら、ウォーターパーク内部へと侵入した。

緑色の非常灯に照らされた狭い通路が、緩く湾曲しながら左右へ伸びている。業務用の通路らしく、壁や天井には剝き出しの配管が何本も見える。

DDが、無言のまま左へと走り出した。

後に続いて数歩走った時、左耳の小型インカムから教授の声が聞こえた。

『……こちらも、きみらの侵入を確認した。イグナイターはまだ《ココ・アイランド》エリアから動いていない。その通路を直進し、左側四つ目の階段を登ればアトラクション内に入れる……っと、移動しながら聞け。別働隊から通信だ』

別働隊？

とミノルが首を捻る間もなく、短いノイズに続いて、聞き覚えのない声が左耳に響いた。

『こちら《リフラクター》。イグナイターこと須加綾斗のマンションに侵入成功』

低く落ち着いたトーンだが、少しばかり幼さの残る女の子の声だった。コードネームに聞き覚えはない。まだ紹介されていないジェットアイの誰かなのだろうが、しかし――。

「侵入……なんかして大丈夫なんですか」

もしイグナイターが、自宅に監視カメラを仕掛けていて、それを遠隔でチェックしていたら。

とミノルは危惧したのだが、隣を走るユミコが短く答えた。

「大丈夫、彼女は見えないから」

見え……ない？

リフラクト。単語の意味は確か、《屈折する》。

女の子の声は、途切れることなく続く。

『部屋の中は観葉植物だらけ。それに大型の水槽……これも水草でいっぱい。魚はいない』

教授の声が相づちを打つ。

『植物か……なるほどな。他に目に付くものは』

『家具はほとんどなし……テレビやパソコンもない。……あ……リビングの壁に、大きな地図が』

『地図？』

『都心の地図。丸い画鋲がたくさん刺さってる』

ミノルたち四人は、無言で移動しながら通信の内容に耳を澄ませる。前方から、ドアや階段が現れては後ろに去っていく。

『地図に刺さっているピンの数は九本。地図の外に、まとまって七本』

『幾つか、ピンの刺さっている場所の住所を教えてくれ』

『足立区西新井。池袋駅西口。西新宿一丁目』

教授が鋭く空気を吸い込む音が伝わった。

『これまでの犯行現場か』

『待って。ピンの刺さってない場所にも、マーカーで印がついてる。全部繋ぐと……都心を囲むように、大きな楕円。ゼロ……オー？』

『Oだと？　ピンが……九と七で、十六本。^{16}O……酸素の基準原子量か！　それはイグナイターの犯行計画だ！　あの男は、東京のど真ん中に、自分の署名をしていたんだ‼』

がたん、と椅子を蹴る音に続き、教授の急き込んだ声が届いた。

『ピンの刺さってないマーク地点を教えてくれ！』

『はい。ピンはだいたい北側、マークはだいたいが南側。渋谷区神宮前……目黒区柿の木坂……江東区有明……』

『目黒区柿の木坂だと？　中久保洋介の自宅じゃないか……そこにピンはないのか？』

『はい。マーカーの印だけ』

『どういうことだ。あそこにはもう死体があったぞ』

ミノルの脳裏にも、否応なく恐ろしい地下室の光景が甦った。

水没したワインセラー。浮遊する白い屍体。

途端、忘れかけていた違和感が強烈に甦り、ミノルは眉を寄せた。

何かが違う。何かが間違っている。

しかし、その直感の理由に辿り着くより早く、前を走るDDが足を止めた。

さっと指で左側を示す。四つ目の登り階段が、壁面に黒々とした口を開けている。あの先に、イグナイターがいるのだ。

DDはハンドサインで指示を続けた。自分がまず侵入し、続けてオリヴィエ、ユミコ、最後にミノル。四方向から包囲し——攻撃。

もう、余計なことを考えている時間はない。ユミコたちに続いて、ミノルもこくりと頷く。

黒いジャージ姿が、音もなく闇に消えた。ブレザーの二人も素早く続く。

学生服の襟元から伸びるホースを確かめ、ミノルも大きく息を吸い込むと、足音を殺して狭い階段を駆け上がった。

二十段ほど登った先に、ステンレス製の扉があった。張り付いたDDが、匂いを嗅いでから頷く。銀色のノブを慎重に回す。

かちゃ。

とかすかな音がして、扉が開いた。

隙間から、暗いオレンジ色の照明が差し込んでくる。同時に、ひんやりと湿った空気の匂い。

そこには、水だけでなくある種の薬品臭さも含まれている。

――なんだっけ、この匂い。

と思ったのと同時に、ＤＤがするりとドアの向こうへと消えた。剣を携えたオリヴィエと、スタンバトンを握るユミコも続く。

汗ばんだ掌を制服の裾で拭い、ミノルは最後の数段を登ると、扉をくぐった。

すぐ目の前には、薄い茶色のレンガを模したタイル貼りの空間があり、その向こうに椰子の木が並んでいる。

けば立った幹の間には、ちらちらと揺れるオレンジ色の光。

火ではない。あれは照明の反射光――つまり水だ。

そしてこれは、塩素の匂いだ。

プールなんだ。

《有明へヴンズショア》は、真冬でも常夏リゾート気分を味わえる、ウォーター・アトラクション施設――。

瞬間。

ミノルはついに、胸に引っかかる違和感の正体に辿り着いた。

ワインセラーはなぜ水没していたのか？

造園工事会社から大金を横領した本物の須加綾斗は、なぜ焼き殺されなかったのか？

なぜ目黒区柿の木坂の屋敷には、犯行予定のマークだけがあって、ピンが刺さっていなかったのか？

答えは、まだ準備段階だったからだ。

燃やすのはこれからだ。地下室に満ちていた水は、その準備。あれは死体の発見を遅らせるためだけのものではない。

水の化学式はH_2O。つまり、構成元素の三分の一は酸素。

あの水は、燃料だったのだ。

「教授……教授!!」

ミノルは極力声を殺し、インカムに呼びかけた。

『どうした、もうDDたちはプールの周囲に展開しているぞ！　急げミッくん！』

「だめです……これは罠だ！　イグナイターの能力の本質は《火》じゃない！　《水》なんです!!」

『み……水だと？』

教授の声が低く掠れた。

「そうです。中久保……イグナイターは、水死する寸前にサードアイに寄生された。イグナイターの能力の源である死の恐怖は、イコール水への恐怖です。酸素を操る能力とは、究極的には、水を酸素と水素に分解する能力なんです!!」

一瞬の沈黙。

教授が、押し殺した声で呻いた。

『酸水素ガス……水素爆鳴気か!!』

ミノルの脳裏に、中学時代に教わった化学の知識が瞬間的に閃いた。

酸素ガスO_2と、水素ガスH_2は、一対二の割合で混合・点火すると一瞬で激しく反応し、高熱と衝撃波を発する。つまり爆発するのだ。その気体を、酸水素ガスもしくは水素爆鳴気と呼ぶ。

爆鳴気を生成するには、純酸素のボンベと純水素のボンベを用意し、同時にバルブを開けばいい。しかしこの方法では、厳密に一対二の混合気を作るのは少々難しい。

しかし、もっと簡単に、しかも精密な割合を実現する手段がある。

水を電気分解すればいいのだ。水の化学式はH_2O、それを分解すれば、一つのO_2に対して二つのH_2が得られる。完璧なる１：２。

『ミッくん』

耳元で、教授が絶望の声を上げた。

『間に合わない。ユッコちゃんが突っ込む』

＊＊＊

致死の毒液にして、生命の霊薬。

中久保洋介は、深さ一メートルのプール中央に作業服を着たまま立ち、水面に右手を触れさせていた。

奥多摩の山奥では、毎日こうして谷川の清流に浸かり、超高密度の酸素たちと交感したものだ。大気中に遊離する酸素分子に比べて、水素と結びついてH_2Oとなった酸素の誇り高さ、気難しさは異様なほどだ。握ろうとしても、五指は鋼鉄の塊を掴んだかの如く微動だにせず、サードアイによる制御を拒む。

しかし、ここ数日、中久保の能力もまた長足の進歩を遂げていた。

すでに自宅の水槽の水ならば、一度に半分くらいは握れる——つまり酸素と水素に分離できるようになってきている。この調子なら、ハイエナのような銀行に奪われた目黒の旧宅のワインセラーを満たす水を一気に分解し、生成された大量の酸水素ガスに着火して、家ごと須加の死体を吹き飛ばしてやれる日も近い。

その後は、少しずつ大きな水を握り、都心に^{16}Oのサインを描き——最後には、この有明ヘヴンズショアで最大のプールをまるごと吹き飛ばす。

しかも、営業時間に。

イモ洗いの如くひしめく、愚かな人間どもと一緒に。

その段階まで到達できれば、一四〇〇万都市たる東京の命運は、中久保の右手に握られたと言ってもまったく過言ではない。なぜなら、あらゆる川や池、ビルの貯水タンク、そして張りめぐらされた水道管に満ちる水の全てが高純度の爆薬へと変わるからだ。

消し飛ばす。

人間文明まるごと。

「……く、くふ、くふふふ」

中久保は嗤った。右手の下で、水面に細かな波紋が広がった。

――その時。

ずきん、と掌の球体が疼いた。

痛みは、一瞬で消え去った。しかし中久保は呼吸を止め、眼を見開き、五感全てでプールの周囲を探った。

有機溶剤めいた《黒》どもの匂いは感じない。動くものも見えないし、足音も聞こえない。

それに、幾らなんでも早すぎる。池袋で奴らと接触したのが、ほんの九時間前なのだ。顔から中久保の本名を割り出し、目黒の旧宅を捜索し、地下の死体を見つけ、須加の偽装身分を看破して有明へヴンズショアまで辿り着く、などという真似がたった半日でできるとはとても思えない。

だが、同時に、耳の奥に《組織》の女——リキダイザーの声が甦った。

——黒どもはもう動き始めているわ。

有り得ない。こうも簡単に追い詰められるなど。

そう否定したかったが、しかし先ほどの右手の疼きは決して錯覚ではない。

あれは、周囲に満ちる酸素たちからの警告だ。すでに包囲されている可能性は高い。

再び視線を左右に走らせる。

《ココ・アイランド》は、その名のとおり、椰子の木が生える南の島の砂浜をイメージしたアトラクションだ。広大な円形のプールを白砂の人工ビーチが取り巻き、外周部を本物の椰子が囲んでいる。

営業時間中はガラス張りのドーム屋根から陽光が降り注ぐのだが、いまはわずかな予備灯がオレンジ色の光を放っているだけだ。椰子並木の奥は完全な闇に沈み、強化された視力を以てしても見通すのは難しい。

もしあの闇に敵が潜んでいたら、プールの真ん中で腹まで水に浸かる中久保はとうに発見されているはずだ。不意を突かれて急接近されれば酸欠攻撃を行う時間的余裕はないし、燃焼攻撃では複数の敵に対応できない。

かくなる上は——。

やるしかない。

右手に秘められたる真の力、《水素爆鳴気攻撃》をここで発動させ、包囲する黒どもを全員吹き飛ばすのだ。自分はプールの底まで潜って爆発をやり過ごせば、大きなダメージは受けないはずだ。

問題は、着火方法。

いかに大量の酸水素ガスを生み出しても、火種がなければ爆発させられない。何かないか。炎でなくてもいい、ちょっとした火花が生み出せれば、それで事足りる……。

く、と中久保の唇が動き、笑みを刻んだ。

左手がそろそろと動き、水色の作業服のポケットの中で、あるものを摑んだ。

＊＊＊

いまから警告を叫んだところで、もう間に合わない。

イグナイターがどれほどの容積の水素爆鳴気を生成できるのかは不明だが、爆発の衝撃波は音速を超える。いかに《加速者》ユミコとて、無傷での回避は不可能だろう。

ユミコを爆発から守り得る手段は、もうたった一つしか思いつけない。

——できる、できないの問題じゃない。やるんだ。僕がやるんだ。

ミノルはぎりっと奥歯を噛み締めて立ち上がり。

前方に見えるプール目指して、全力でスタートを切った。

＊＊＊

——来た‼

中久保は、視覚よりも早く、酸素分子の動きでそれを察した。

約三十メートル離れた、プール北側の砂浜。

椰子の並木の間から、黒い影が猛烈なスピードで飛び出してきた。

薄闇の底になびく長い髪。翻るスカート。右手のスタンバトンと左手のナイフ。

仇敵たる《加速の小娘》だ。

敵の足許が細かい白砂なのが、中久保に幸いした。充分な加速力を得るためだろう、女は砂を蹴立てて更に数歩自力で走ろうとした。

わずか二秒の猶予時間を無駄にせず、中久保は左手でポケットから会社支給の携帯電話を取り出すと、思い切り握り潰し、投擲した。

空中で、ショートしたリチウムイオンバッテリーが、白い炎を放った。

同時に。

まっすぐ伸ばした右手を、女のすぐ前方の水面に向け——。

吼えた。

「さんンンそおおオアアアアアア‼」

掌の球体がいっぱいに瞼を開き、深紅の閃光を放った。

硬い‼

骨が軋む。筋が撓む。

手の甲から前腕部にかけて異様に盛り上がった筋肉が、皮膚を割いて血液の霧を散らせた。

——酸素よ。

——酸素たちよ‼　我が意志に応えよ‼　——純化せよ‼

「ああああああ————‼」

目も眩むような激痛。右手の甲から、砕けた中手骨の先端が突き出す。

しかし、ついに中久保は握った。握り締めた。

血液と融合した赤光が、拳の中から眩く迸り、そして——。

ビシッ‼

という鋭い衝撃音が大気を震わせた。

プールの水面が、瞬時に白く煙り。

半球形に、水が消えた。その直径、実に十メートル。

虚空が、ゆらゆらと陽炎のように揺れた。

いま、小娘が突入しようとしている空間には、大量の水素分子と酸素分子が遊離している。

再びの結合の時を待ちわびている。

すなわち、燃焼。

この自然界で、最も美しく、シンプルで、危険な燃焼。

歓喜の電光が脊髄を駆け上った。砕けた右拳を高々と掲げ、中久保は背中から水面に倒れ込んだ。

携帯電話から迸る火花が、爆鳴気と触れた。

＊＊＊

ミノルは走った。

自覚としては走ったつもりだったが、しかし靴底で地面を蹴る感覚は希薄だった。

それでも体は猛烈なスピードで前に進んだし、右手から走ってくるユミコのシルエットが急速に近づいてくるのも認識できた。

椰子の木の間を突破し、砂浜を駆け抜け、あと三メートルでユミコに接触できる、というその時。

左手に広がるプールの水面が、異様な振動音とともに消滅した。

イグナイターが水を分解したのだ。同時に、白い炎をまとう何かが空中を飛んでくる。

着火、爆発までもう一秒もない。

この状況から、ユミコを守る方法は、たったひとつ。

防御殻を展開してユミコを背後に庇うのでは不十分だ。疾駆するユミコはすでに爆鳴気の中へ踏み込みつつある。たとえミノルが盾になっても、高熱と超音速の衝撃波はユミコの肉体を容易に破壊するだろう。

ただ庇うのではなく——。

防御殻の中に取り込むのだ。

ミノルの胸に宿るサードアイが発生させる《殻》は、体の表面から約三センチ離れて展開し、その瞬間に境界上に存在する、ミノルが異物と認識する物体は外部へと弾き飛ばす。

いかにユミコの体格がスマートでも、三センチの空間に収まるはずはない。だから、普通に考えれば、接触し、殻を出した瞬間ユミコは外側へと弾き出されてしまうことになる。

ユミコが、ミノルにとって単なる異物ならばそうなる。

ただの他人ならば、絶対にそうなる。

秋ヶ瀬公園で出逢ってから、まだたった十一日。

ミノルの脳裏に、その十一日のあいだに目にしたユミコの姿が、立て続けにフラッシュした。

眼光鋭く詰め寄るユミコ。大盛りスパゲティを頬張るユミコ。サナエの隣で俯くユミコ。右脚の傷痕を見詰めるユミコ。

そして、ミノルの命を救ったあと、後ろを向いて泣きじゃくるユミコ——。

この瞬間になってようやく、ミノルはユミコが胸中に抱える痛み、苦しみの大きさを思った。

彼女を、いまここで死なせてしまうわけにはいかない。

死んでほしくない。

いつか、全ての悲しい記憶を乗り越えた時に、本当の笑顔を見せてほしい。

——僕のためじゃない。僕が嫌な記憶を増やしたくないからじゃない。

——ただ、この人を、僕は、守りたい!!

「ユミコさん!!」

ミノルは叫んだ。

視界の左側が純白に染め上げられた。

瞬間、ミノルはユミコを両腕で包み、抱き締め、防御殻を発動させた。

急激に膨れ上がる光が二人を呑み込み、世界を溶かした。

色と音を失った光景のなか、二つの黒い影が回転しながら飛んでいくのが見えた。

ユミコが握っていたスタンバトンとナイフ。

弾き飛ばされたのは、それだけだった。殻を展開しても、両腕の中の確かな温度と存在感は

消えなかった。

直後、膨大な量の酸素分子と水素分子が、一気に再結合した。

衝撃は緩和され、また音も遮断されたため、その光景は無音の映画のようでもあった。足許の白砂が瞬時に吹き飛ばされ、椰子の並木が放射状に薙ぎ倒された。

超音速の衝撃波は、プールを囲む分厚いガラスの仕切り壁をも粉砕し、コンクリートの外壁にぶつかってエネルギーを上方へと向けた。

ドームの屋根を構成する軽量鉄骨とガラスパネルが、圧力に耐えかねて大きく膨らんでから、粉々に砕けて飛散した。

再結合した水蒸気と、微細なガラス片が漂う中、ミノルは巨大な破壊現象から視線を引き戻し、腕の中のユミコを見詰めた。

黒髪の少女は、最初から爆発など見ていなかったかのように、大きな瞳をまっすぐにミノルに向けていた。

その目尻に、突然大きな涙の粒が浮かんだ。唇が、何かを言おうとするかのように震えた。

＊＊＊

深さ一メートル以上の水底に逃れても、爆発の轟音だけは避けられなかった。

ハンマーで殴られたかの如き衝撃が襲ってきて、両耳がじんと痺れた。砕けた右手もまた、激痛に包まれている。しかし、全身を満たす歓喜の嵐に比べれば、何ほどのこともなかった。

頭上の水面を通して、荒れ狂う白光と、それがもたらした巨大な破壊を中久保は目撃した。

ほんの一握りで、この威力。

ついに、真の力に覚醒したのだ。

黒どもに追い詰められたのは屈辱だが、いまとなってはそれもプラスに働いたと言えよう。予定より遥かに早く、《浄化者》の段階へと到達できたのだから。

最早、空気のみならず、水すらも意のままだ。

——見ていろよ、利潤追求にうつつを抜かして、酸素を浪費し続けている愚か者どもめが。人間の活動など、この世界にとって害悪でしかないことを教えてやる。

爆発が収束すると同時に、水面が近づいてくる。水がごっそり分解された地点に、周囲から流れ込んでいるのだ。

中久保はプールの底に左手をつき、ゆっくりと立ち上がった。

加速の小娘は跡形もなく消し飛んだはずだが、背後に潜んでいた奴らはまだ生きているかもしれない。そいつらも酸欠攻撃で止めを刺さなくてはならない。

そう考えながら、中久保は空中に漂う濃密な水蒸気の向こうに眼を凝らした。

直後、信じられないものを見た驚愕に、低く喘いだ。

＊＊＊

ユミコの唇から、何かの言葉が発せられようとしたその寸前。

視界の左側に動きを捉え、ミノルはさっとそちらに視線を向けた。

吹き払われていく水蒸気の向こうに、あの男が立っていた。

中久保洋介――《イグナイター》。酸素を操るルビーアイ。

頰のこけた、教師然とした理知的な容貌は、池袋で見た男のものに間違いない。

顔には年齢相応の皺が刻まれているが、枯れた印象はない。内面に渦巻くものを映してか、鋭い両眼にはぎらぎらとした輝きが宿っている。

その眼に浮かぶ感情が、驚愕から怒り、更に殺意へと変わった。唇が歪み、何かを叫んだようだが、ミノルには聞こえなかった。

傷だらけの右手が掲げられ、掌の中央に埋まった深紅の球体が、閃光を迸らせた。

＊＊＊

なぜだ。

なぜ生きている。

あの小娘を抱きかかえているのは、黒い詰襟姿の小僧。初めて見る顔だが、雰囲気には憶えがある。池袋で遭遇したバイクの後ろに乗っていた奴だ。小娘も、小僧も、どんなに目を凝らしてもかすり傷ひとつ負っていない。

中久保を襲った驚愕は、瞬時に凄まじい怒りとなって燃え上がった。

――許せん。浄化者の炎を拒むなど、

「許せん!!」

叫び、中久保は砕けた右手を突き出した。

激痛を無視して指を曲げ、黒どもの周囲から酸素を引き剝がす。

風が巻き起こり、水蒸気が吹き散らされる。

呼吸すべき酸素を奪われた小僧どもは、即座に水面へと崩れ落ちる――はずだった。

だが。

「…………なぜだ」

中久保は、低く呻いた。

小娘と小僧は、プールの波打ち際に直立したまま、微動だにしない。表情すら変わらない。

四つの瞳に浮かぶ厳しい光は、わずかにも揺らがない。

「なぜだあああ!!」

絶叫し、中久保はあらん限りの力で右手を握り締めた。

だが、五指がしっかりと固まる直前。強烈極まる抵抗感が、右腕全体を軋ませた。

硬い。握れない。

これまで感じたことのない、絶対的な拒絶。二人の黒を薄く囲む空間だけが、中久保の支配を完全に断ち切っている。

「あああ‼　あああアアアア‼」

どれだけ喚き、体を仰け反らせても、右手は握れない。

有り得ない。有り得ることではない。

あらゆる酸素は中久保の味方であるはずだ。意のままに動き、分解し、結合して、人間どもを断罪してくれるはずだ。それなのに。

血管を駆け巡る灼熱の怒りのなかに――わずかに、ほんのわずかに、ひんやりとした冷気が生まれるのを中久保は感じた。

これは……恐怖………？

その時、小僧が、右足を一歩前に踏み出した。

＊＊＊

スタンバトンもナイフもどこかに飛んでいってしまった。

しかし、ミノルには、それらがもう不要であることが解っていた。ただ足を踏み出し、地面を蹴ればそれでよかった。

「……《加速》を」

囁くと、腕の中でユミコが力強く頷いた。

右足で、剝き出しになったコンクリートを思い切り蹴り飛ばす。

ミノルの一歩を、ユミコが加速し——。

二人は不可視の防御殻に包まれたまま、猛然と突進した。足許でプールの水面が左右に裂け、水の壁が高々と吹き上がった。

三十メートルを超える距離は一瞬でゼロになり、ミノルは左の肩口からイグナイターの薄い胸板に激突した。

反動はほとんどなかったが、老人の胸骨と肋骨が瞬時に粉砕されるのが殻越しに感じられた。ルビーアイは、大きく開いた口から細い血の筋を引き、一直線に吹っ飛ぶと遥か後方の砂浜に落下した。

投げ出された四肢のなかで、右手だけが、別個の意思を持っているかのようなぎこちなさでゆっくりと持ち上がり始める。掌の中央に宿るサードアイが、赤い光を不規則に明滅させる。

しかしやがてその光も薄れ、消えると、右手がばたりと砂浜に落ちた。

イグナイターはもう動こうとしなかったし、サードアイが暴走する気配もなかった。

ミノルは、詰めていた息を吐き出し、殻を解除した。途端、周囲から温水が押し寄せてきて、下半身をざぶりと呑み込む。

「きゃっ！……ちょっと、どうせならプールを出てから解除してよ」

耳のすぐそばで小さな叫び声がして、慌てて謝る。

「あ……す、すいません」

その段階で、ミノルはようやく、自分がまだユミコの背中に両腕を回したままであることに気付いた。

うわっと思ったが、しかし左右の手はミノルの指令を無視し、いっそう力を込めながら細い体を引き寄せた。

「…………」

息を吸い込む音が聞こえたが、ユミコはミノルを突き放そうとはしなかった。

「……………よかった。無事で……………」

自分の口から零れる震え声を、ミノルは聞いた。

「……もしユミコさんが殻から弾き出されて、僕だけ無傷だったら……どうしようかと、思いました」

短い沈黙。

応答は、少しばかり愕然とした響きを帯びていた。

「……え？　確信があってやったんじゃやなかったの？」

「……………は、はい。五分五分くらいかな……って……」

「ちょ…………あのねえ!!」

今度こそぐいっとミノルの胸を突き放し、ユミコは至近距離から睨みつけてくる。

「ていうか、抱き締めた状態で殻を出して、もし拒絶されたら、その時点で私は全身の骨バキバキじゃないの？」

「…………あ、そ、そうですね」

「まったく……」

きゅっと唇を尖らせてから、ユミコは肩をすくめ、にこりと——三割ほどは苦笑いの成分が含まれてはいたが——微笑んだ。

改めて両の腕がミノルの背に回され、ぎゅっと遠慮のない力が込められた。鼻先が触れ合うほどの距離で、短い囁き声が艶やかな唇から零れた。

「…………でも、ありがと」

水中での抱擁を続けながら、いつまでもこうしていたい、と思う自分が不思議だった。この記憶も、あるいはいつか忘れたくなる時が来るのかもしれない。しかしそうならないことを、ミノルは心から望んだ。

長い睫毛に彩られたユミコの瞳が、水面の光を反射してきらきらと輝く。少し開いた唇の奥に、真珠粒のような歯が覗く――。

その時。

「オイオーイ、いつまでやってんだよう、お二人サーン」

ぼやくような声が響いた瞬間、びばっ‼　と空気が震え、気付くとミノルの腕はカラッポになっていた。ユミコが、飛び退くと同時に加速したのだ。

間抜けな格好で凍りつくミノルから遥かに離れた砂浜に着地したユミコは、顔を真っ赤にしながら椰子の並木に右手の指を向けた。

「あんたらなに覗き見してるのよ！　ぶっとばすわよ！」

「あーあ、ひってえなぁ。こっちはあの爆発マトモに食らったのにさぁー」

椰子の葉っぱが刺さった巻き毛を振りながら、砂浜へと歩み出てくるのは斉藤オリヴィエ。その後ろに、にやにや顔のＤＤの姿も見える。

イグナイターの背後に潜んでいた二人は、深いダメージは受けていないように見えるが、爆発の衝撃は届いたはずだ。オリヴィエの右手のロングソードが抜き身であることから察すると、能力でどうにかしたのかもしれない。

逃げるオリヴィエと追うユミコにやれやれという顔を向けてから、DDは倒れたままのイグナイターに歩み寄った。

首筋に触れて脈を確認すると、腰のポーチから注射器を取り出し、手早く何かの薬品を打つ。

ざぶざぶと水を掻き分けてプールから上がったミノルは、小声で訊ねた。

「生きて……るんですか？」

「うん、サードアイ保持者はあれくらいの外的ショックじゃ即死はしないよ。殺すには、心臓か脳を完全破壊する、あるいは酸素の供給を遮断するしかない。そういう意味では、こいつはまさしく《サードアイ殺し》だ……本当に、きみがいてくれてよかったよ、空木くん」

突然の言葉に、ミノルは慌ててかぶりを振った。

「い、いえそんな。僕はただ、夢中で……」

『謙遜するな、ミッくん』

突然、耳のインカムから教授の声が届いた。

『今回の作戦では、敵の身元確認から能力の看破、実際の戦闘にいたるまで、ミッくんの貢献度は非常に高い。きみは本当によくやった。もう、きみの能力と、そして覚悟を疑う者は特課にはいないよ』

そう言われた途端、ミノルは反射的にオリヴィエを見てしまった。

同じ通信を聞いていたらしい《分断者》は、端整な顔ににやっと大きな笑いを浮かべ、親指を立てた右手を勢いよく突き出してみせた。

張りのある美声が、近づきつつある大量のサイレンに負けない音量で、破壊された屋内プールに響いた。

「グッ、ジョブ!!」

やれやれ、とばかりに、ＤＤとユミコが同時に首を振った。

12

「……くぼさん。中久保さん」

　そっと肩を揺すられ、男は瞼を持ち上げた。

「ここで寝てると、風邪ひきますよ」

　声の主は、白衣に身を包んだ若い看護師だった。男は、ああと短く返事をすると、軽く頭を振った。何か長くて奇妙な夢を見ていた気がしたが、内容は思い出せなかった。

　にこりと微笑んでから歩み去る看護師を見送り、男は硬いソファにまっすぐ座り直した。

　病院の談話室は、相変わらず気だるい空気に包まれている。効き過ぎの暖房とスナック菓子の匂いのせいで息苦しいことこの上ないが、さりとて他に行くべき場所もない。

　天井から吊るされた大型の液晶テレビでは、ワイドショーのコメンテータたちが興奮した口調で喚きたてている。

『……テロですよ、新手のテロ!!　事故なわけないでしょう、なんでプールが爆発するんですか！』

『でも、爆発物は一切検出されなかったって言うんでしょ？　ガス漏れかなんかじゃないんですか？』

『だから、プールにガス管がありますかって………』

　画面が、無残に屋根が吹き飛んだ大型ドームの空撮映像に切り替わった。この一週間で見飽きたニュースだ。それに、テーマパークが爆発しようが崩落しようが、さしたる興味もない。どうせもう、一生訪れることはない場所だ。

　家族を道連れに無理心中を図り、おめおめ一人だけ生き残った身としては。

　男は首を振り、深いため息をついた。とたん、骨折したアバラがずきりと痛み、顔をしかめる。

　大井埠頭で車ごと海に突っ込んでからこの病院に収容されるまでの三ヶ月間、自分がどこで何をしていたのか、まるで思い出せない。肋骨五本と胸骨、それに右手の骨が無残に折れた状態で発見されたからには、何らかの事件に巻き込まれたのは確実だろうが、どんなに頭を絞っても記憶が戻る気配もないので、男はとうに諦めていた。

　もう一度ため息をつき、立ち上がると、談話室の片隅にあるガラス張りの喫煙ルームに移動する。ズボンのポケットからライターと煙草のパッケージを引っ張り出し、一本咥えて火をつける。

　深く吸い込んだ煙は、ちくちくと喉に引っかかった。まるで、記憶のない三ヶ月間、ずっと禁煙していたかのようだ。しかしそんなわけはない。無理心中を試みる前は、一日二箱は吸っていたのだから。

ふーっと長く煙を吐き出し、男は煙草を挟んだ右手を眺めた。

酷い有様だった。大部分がギプスで固められ、指先以外は動かすこともできない。いまは見えないが、掌にも奇妙な傷がついている。中央が、まるでスプーンでくり抜かれたかのように丸く凹んでいるのだ。医者は尖ったものにぶつけたんだろうと言うが、そのわりに手の甲には傷が抜けていない。

それに——。

この傷を見ていると、奇妙な喪失感に襲われる。

ブランド狂いの妻や中年ニートの息子に対するそれよりも、ずっと強い寂しさ。

何か、とても大切なモノがそこにあったかのような……。

「…………ふ」

男は苦笑し、包帯を巻かれた右手から視線を引き剥がした。天井に向け、細く、長く、煙を吐き出す。

不意に、脳裏に、何かメロディーのようなものが浮かんだ。

無意識のうちに、男はしゃがれた声で低く口ずさんでいた。

「るーるる、るるる……るるる、るるる……」

歌詞は思い出せなかった。

それでも男は、飽くことなくその旋律を追いかけ続けた。

るーるる、るるる。

リズムに合わせて分割された煙が、奇妙な形になって漂い、空気清浄機のフィルターに吸い込まれていった。

終わり

あとがき

二〇一五年最初の一冊、『絶対ナル孤独者（アイソレータ）』第二巻をお読み下さりありがとうございます。

いやー、しかし二〇一五年ですか……。最初の本が出たのが二〇〇九年二月なので、この本でデビューから丸六年が経つことになりますが、あっという間だったなあ、という印象です。この調子だと、『絶対ナル』の劇中年である二〇一九年にもいずれ追いついてしまいそうですね。現実では消費税十二パーセントなんてことにならないで欲しいものです！

物語についても触れておきますと（以下ネタバレ注意）、この『発火者』編からお話は本格的に動き出します。ミノル君が参加することになった《特課》の本部や構成メンバーが明らかになるいっぽう、敵対するルビーアイ陣営もほんのりと姿が見えてくるようなこないような巻ですが、冒頭部で、特課の実質的な指揮官である《教授》の口から、物体を原子レベルで操作するというサードアイの力が少しだけ語られます。

去年、つくば市にある《高エネルギー加速器研究機構（KEK）》に見学に行ったのですが、分子や原子、素粒子の世界は知れば知るほど何がなにやら解らなくなりますね！　あなたがいま持っておられるこの本の表紙も、手で触れるぶんにはツルツルと滑らかですが、原子レベルまでズームしていくと炭素や水素や金属元素のツブツブの集まりで、それを更にズームすると原子核を構成している電子や陽子や中性子はもうどこに存在するのかよく解らない……とかどういうこっちゃねんという感じです。

現在、ＫＥＫを中心として《国際リニアコライダー》の建設計画が進んでいます。全長三十キロメートルという長大な地下トンネルで電子と陽電子を加速、衝突させるという世界最大の粒子加速器ですが、本来はそのような大がかりな手段を用いないと観測できない素粒子の世界を、見たり触れたり操作したりできるのがサードアイということですね。この二巻で登場したイグナイターさんも、東京大爆発とかゆってないで、水を分解して水素を作る会社を起こせば大儲けできたでしょうに……。

脱線しました。ともあれそのように、『絶対ナル孤独者』は《理科バトルもの》的なお話として書き進めて行ければと思っております。作者が絶対ナル文系人間なので色々間違ったことを書いてしまうと思いますが、その時はツイッターなどでこっそり教えて頂ければと！

続々登場する新キャラクターたちを魅力たっぷりに描いて下さったイラストのシメジさん、その魅力を引き出すためにあれこれ心を砕いて下さった担当の三木さん、今巻もお世話になりました！　そして読者の皆様、二〇一五年もどうぞよろしくお願いいたします！

二〇一五年一月某日　川原　礫

小説大賞〈大賞〉受賞作最新刊——!!

18

ル・ワールド18

「あなたは……いったい誰なんですか?」

ISSキット事件の後始末のために開催された第三回七王会議を経て、
白の王《ホワイト・コスモス》率いる《オシラトリ・ユニヴァース》との対決を決意した
黒雪姫と《ネガ・ネビュラス》。

しかし、白のレギオンに挑むには、クリアしなければならない条件があった。
ネガ・ネビュラスは白のレギオンと領土を接していないので、
ブレイン・バーストのルール上、領土戦争で直接攻撃を仕掛けることはできないのだ。

その問題を解決するべく黒雪姫が打ち出した秘策は、
緑のレギオン《グレート・ウォール》との休戦及び共闘だった。

緑の本拠地・渋谷第二エリアにて、緑の王《グリーン・グランデ》
および幹部集団《シックス・アーマー》と峙するハルユキたち。
しかし会談が開始される直前、思いがけない人物が乱入してくる。
両レギオンに浅からぬ因縁を持つそのバーストリンカーが
二人の王に持ちかけた、驚くべき提案とは——!?

いっぽう、赤の王《スカーレット・レイン》ことニコも、
加速世界と赤のレギオンの未来を見据えて独自に動き出す!!

コミックス発売中!

『アクセル・ワールド』01〜05 & 『あくちぇる・わーるど。』①〜③

原作/川原 礫
キャラクターデザイン/HIMA
作画/合鴨ひろゆき(『アクセル・ワールド』)
作画/あかりりゅりゅ羽(『あくちぇる・わーるど。』)

「電撃文庫MAGAZINE」(偶数月10日発売)にて**連載中!!!**

★スピンオフコミック『アクセル・ワールド/デュラル マギサ・ガーデン』
(「月刊コミック電撃大王」連載、作画/笹倉綾人)、01〜04巻発売中!

《最強のカタルシス》で送る、第15回電撃
accel World 18
アクセ
川原 礫
イラスト／HIMA
ついに《宇宙》ステージも実装!? な禁断の最新刊!
2015年夏頃発売予定!!
イラスト／HIMA
特報!! 川原礫&abecが贈る、個人サイト閲覧数650万PVオーバーを誇る伝説の小説!!
『ソードアート・オンライン』第16巻は2015年秋頃発売予定!!

◉川原　礫著作リスト

「アクセル・ワールド1 ―黒雪姫の帰還―」（電撃文庫）

「アクセル・ワールド2 ─紅の暴風姫─」(同)
「アクセル・ワールド3 ─夕闇の略奪者─」(同)
「アクセル・ワールド4 ─蒼空への飛翔─」(同)
「アクセル・ワールド5 ─星影の浮き橋─」(同)
「アクセル・ワールド6 ─浄火の神子─」(同)
「アクセル・ワールド7 ─災禍の鎧─」(同)
「アクセル・ワールド8 ─運命の連星─」(同)
「アクセル・ワールド9 ─七千年の祈り─」(同)
「アクセル・ワールド10 ─Elements─」(同)
「アクセル・ワールド11 ─超硬の狼─」(同)
「アクセル・ワールド12 ─赤の紋章─」(同)
「アクセル・ワールド13 ─水際の号火─」(同)
「アクセル・ワールド14 ─激光の大天使─」(同)
「アクセル・ワールド15 ─終わりと始まり─」(同)
「アクセル・ワールド16 ─白雪姫の微睡─」(同)
「アクセル・ワールド17 ─星の揺りかご─」(同)
「ソード・アート・オンライン1 ─アインクラッド─」(同)
「ソード・アート・オンライン2 ─アインクラッド─」(同)

「ソード・アート・オンライン3 ―フェアリィ・ダンス―」（同）
「ソード・アート・オンライン4 ―フェアリィ・ダンス―」（同）
「ソード・アート・オンライン5 ―ファントム・バレット―」（同）
「ソード・アート・オンライン6 ―ファントム・バレット―」（同）
「ソード・アート・オンライン7 ―マザーズ・ロザリオ―」（同）
「ソード・アート・オンライン8 ―アーリー・アンド・レイト―」（同）
「ソード・アート・オンライン9 ―アリシゼーション・ビギニング―」（同）
「ソード・アート・オンライン10 ―アリシゼーション・ランニング―」（同）
「ソード・アート・オンライン11 ―アリシゼーション・ターニング―」（同）
「ソード・アート・オンライン12 ―アリシゼーション・ライジング―」（同）
「ソード・アート・オンライン13 ―アリシゼーション・ディバイディング―」（同）
「ソード・アート・オンライン14 ―アリシゼーション・ユナイティング―」（同）
「ソード・アート・オンライン15 ―アリシゼーション・インベーディング―」（同）
「ソード・アート・オンライン プログレッシブ1」（同）
「ソード・アート・オンライン プログレッシブ2」（同）
「ソード・アート・オンライン プログレッシブ3」（同）
「絶対ナル孤独者（アイソレータ）1 ―咀嚼者 The Biter―」（同）
「絶対ナル孤独者（アイソレータ）2 ―発火者 The Igniter―」（同）

本書に対するご意見、ご感想をお寄せください。

電撃文庫公式ホームページ 読者アンケートフォーム
http://dengekibunko.dengeki.com/
※メニューの「読者アンケート」よりお進みください。

ファンレターあて先
〒102-8584　東京都千代田区富士見1-8-19
アスキー・メディアワークス電撃文庫編集部
「川原 礫先生」係
「シメジ先生」係

初出

本書は著者の公式ウェブサイト『Word Gear』にて掲載されていた小説に加筆・修正したものです。

電撃文庫

絶対(ぜったい)ナル孤独者(アイソレータ)2
—発火者(はっかしゃ) The Igniter—

川原(かわはら) 礫(れき)

発　行　2015年2月10日　初版発行

発行者　塚田正晃
発行所　株式会社KADOKAWA
〒102-8177　東京都千代田区富士見2-13-3
プロデュース　アスキー・メディアワークス
〒102-8584　東京都千代田区富士見1-8-19
03-5216-8399（編集）
03-3238-1854（営業）
装丁者　荻窪裕司（META＋MANIERA）
印刷・製本　加藤製版印刷株式会社

※本書の無断複製（コピー、スキャン、デジタル化等）並びに無断複製物の譲渡及び配信は、著作権法上での例外を除き禁じられています。また、本書を代行業者などの第三者に依頼して複製する行為は、たとえ個人や家庭内での利用であっても一切認められておりません。
※落丁・乱丁本はお取り替えいたします。購入された書店名を明記して、アスキー・メディアワークスお問い合わせ窓口あてにお送りください。
送料小社負担にてお取り替えいたします。
但し、古書店で本書を購入されている場合はお取り替えできません。
※定価はカバーに表示してあります。

©2015 REKI KAWAHARA
ISBN978-4-04-869248-9　C0193　Printed in Japan

電撃文庫　http://dengekibunko.dengeki.com/
株式会社 KADOKAWA　http://www.kadokawa.co.jp/

電撃文庫創刊に際して

文庫は、我が国にとどまらず、世界の書籍の流れのなかで〝小さな巨人〟としての地位を築いてきた。古今東西の名著を、廉価で手に入りやすい形で提供してきたからこそ、人は文庫を自分の師として、また青春の想い出として、語りついできたのである。

その源を、文化的にはドイツのレクラム文庫に求めるにせよ、規模の上でイギリスのペンギンブックスに求めるにせよ、いま文庫は知識人の層の多様化に従って、ますますその意義を大きくしていると言ってよい。

文庫出版の意味するものは、激動の現代のみならず将来にわたって、大きくなることはあっても、小さくなることはないだろう。

「電撃文庫」は、そのように多様化した対象に応え、歴史に耐えうる作品を収録するのはもちろん、新しい世紀を迎えるにあたって、既成の枠をこえる新鮮で強烈なアイ・オープナーたりたい。

その特異さ故に、この存在は、かつて文庫がはじめて出版世界に登場したときと、同じ戸惑いを読書人に与えるかもしれない。

しかし、〈Changing Times,Changing Publishing〉時代は変わって、出版も変わる。時を重ねるなかで、精神の糧として、心の一隅を占めるものとして、次なる文化の担い手の若者たちに確かな評価を得られると信じて、ここに「電撃文庫」を出版する。

1993年6月10日
角川歴彦

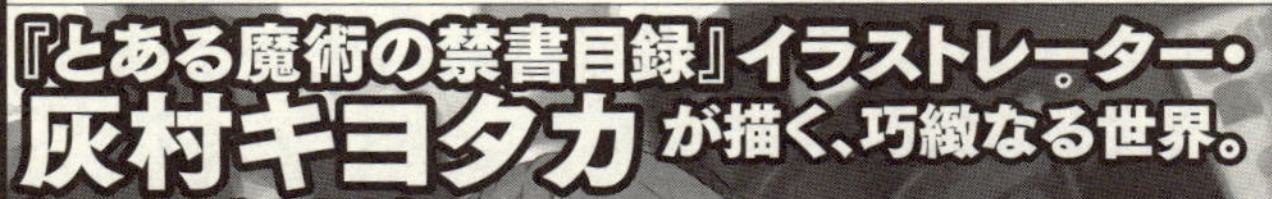

オールカラー192ページで
表現される、
色彩のパレードに刮目せよ。

rainbow spectrum: notes

灰村キヨタカ画集2

<収録内容>

†電撃文庫『とある魔術の禁書目録』(著／鎌池和馬)⑭～㉒挿絵、SS①②、アニメブルーレイジャケット、文庫未収録ビジュアル、各種ラフスケッチ、描きおろしカット

†富士見ファンタジア文庫『スプライトシュピーゲル』(著／冲方 丁)②～④挿絵、各種ラフスケッチ

†GA文庫『メイド刑事』(著／早見裕司)⑤～⑨挿絵、各種ラフスケッチ

†鎌池和馬書きおろし『禁書目録』短編小説

ほか

灰村キヨタカ／はいむらきよたか

電撃の単行本

慧心女バスの魅力を
全て詰めこんだ一冊が、
ついに登場！
原作、アニメ、ゲーム、コミックの見所はもちろん、
様々な視点から小学生たちを丸裸に——!?
「ぐらびあRO-KYU-BU!」や「びじゅあるロウきゅーぶ!特別編」、
スタッフインタビューなど、充実の内容でお届け!!
さらに、描き下ろしビジュアルノベル&コミックも掲載!
ファン必見の特集が満載の全て本、大好評発売中!!
RO-KYU-BU!
ロウきゅーぶ!のすべて!!
電撃文庫編集部 編
B5判／192ページ
電撃の単行本

『ロウきゅーぶ!』公式ビジュアルブックが大好評発売中!!
電撃萌王にて掲載された大人気連載がついに1冊に!
蒼山サグ×てぃんくるによるかきおろしも収録!!
慧心女バスメンバーが綴るちょっとえっちなエピソードが
まるっと楽しめちゃいます!
びじゅある
ロウきゅーぶ!
著/蒼山サグ イラスト/てぃんくる
B5判/128ページ
小さな蕾たちに襲いかかる
肌色率高めの試練!?
電撃の単行本

アニメ
『俺の妹。』がこんなに丸裸なわけがない。
■anime ore no imouto. ga konnani maruhadaka na wake ga nai.

★主要キャスト6人のグラビア&インタビュー
★版権ギャラリー（48P）
★キャラクター&ストーリーガイド
★スタッフロングインタビュー
ほか、アニメ2期の魅力がたっぷり詰まったメモリアルファンブック！

★
アニメ
『俺の妹。』がこんなに丸裸なわけがない。
●電撃文庫編集部◎編
●B5判
フルカラー176ページ
●発売中

電撃の単行本

かんざきひろ画集 Cute

■判型：A4判、クリアケース入りソフトカバー
■発売中

『俺の妹がこんなに可愛いわけがない』のイラストレーター・
かんざきひろ待望の初画集！

かんざきひろ画集[キュート] OREIMO & 1999-2007 ART WORKS

新規描き下ろしイラストはもちろん、電撃文庫『俺の妹』1巻～6巻、オリジナルイラストや
ファンアートなど、これまでに手がけてきたさまざまなイラストを2007年まで網羅。
アニメーター、作曲家としても活躍するマルチクリエーター・かんざきひろの軌跡がここに！
さらには『俺の妹』書き下ろし新作ショートストーリーも掲載！

電撃の単行本

おもしろいこと、あなたから。

電撃大賞

自由奔放で刺激的。そんな作品を募集しています。受賞作品は「電撃文庫」「メディアワークス文庫」「電撃コミック各誌」からデビュー!

上遠野浩平(ブギーポップは笑わない)、高橋弥七郎(灼眼のシャナ)、
成田良悟(デュラララ!!)、支倉凍砂(狼と香辛料)、
有川 浩(図書館戦争)、川原 礫(アクセル・ワールド)、
和ヶ原聡司(はたらく魔王さま!)など、
常に時代の一線を疾るクリエイターを生み出してきた「電撃大賞」。
新時代を切り開く才能を毎年募集中!!!

電撃小説大賞・電撃イラスト大賞・電撃コミック大賞

※第20回より賞金を増額しております。

賞(共通)
大賞……………正賞+副賞300万円
金賞……………正賞+副賞100万円
銀賞……………正賞+副賞50万円

(小説賞のみ)
メディアワークス文庫賞
正賞+副賞100万円
電撃文庫MAGAZINE賞
正賞+副賞30万円

編集部から選評をお送りします!
小説部門、イラスト部門、コミック部門とも1次選考以上を通過した人全員に選評をお送りします!

イラスト大賞とコミック大賞はWEB応募も受付中!

最新情報や詳細は電撃大賞公式ホームページをご覧ください。
http://asciimw.jp/award/taisyo/
編集者のワンポイントアドバイスや受賞者インタビューも掲載!

主催:株式会社KADOKAWA　アスキー・メディアワークス